小学館文庫

恋愛の発酵と腐敗について

錦見映理子

小学館

目次

恋愛の発酵と腐敗について

1 万里絵

普段通りの静かな午後だと思っていた。

異変にすぐ気づかなかったのは、珈琲《コーヒー》に集中していたからだろう。万里絵《まりえ》はカウンターの中で、赤いポットを片手に、丁寧にドリップしていた。

流しっぱなしにしているラジオからは、バイオリンの音が流れている。ランチタイムが終わったこの時間にはたいてい、常連客しかいない。だから見知らぬ男が一人、ふらっと入ってきたのは、珍しいことではあった。

淹《い》れたての珈琲を運ぼうとしたときに初めて、その男が「うー」と小さく唸《うな》るような声を発しているのに、万里絵はやっと気がついた。

入口に近いテーブル席で、先に出したサンドイッチを前に、男は低く唸り続けながら、吐くのを我慢するかのように片手で口を覆っている。

「どうかなさいましたか」とカウンターの中から声を掛けた。

返事の代わりに唸り声が急に止《や》み、男がおしぼりを摑《つか》んで、口の中のものをぺっと吐き出したのが見えた。そして立ち上がると、万里絵を一瞥《いちべつ》もせずにドアを乱暴に押し開け、何も言わず出て行ってしまった。ドアベルが激しく鳴り響いた。

「やだ」

万里絵は慌ててカウンターから出た。

「私、なんか間違えたかな」

皿にはサンドイッチがあらかた残っていた。試しに一切れ食べてみたが、特に問題ないような気がする。

「私のは、いつも通りだったわよ」とカウンター席の早苗《さなえ》さんが、文庫本から顔を上げて声を掛けてくれた。パートが早上がりの日によく、こうして寄ってくれる常連のお客さんだ。今日も長い髪を無造作に一つに束ねていて、化粧気の無い顔に、黒縁の老眼鏡をかけている。この人はいつも黒しか着ない。年はたぶん四十代じゃないかと思うが、確かめたことはない。

「お金もらってないんでしょ。追いかけたら？」

店番しててあげるわよ、と続ける早苗さんに、「いいです。何だったのかわからなくて怖いし」と万里絵はサンドイッチの皿を下げながらカウンターに戻った。

思い返せば、男は入ってきたときからちょっと変だった。案内を待たずに勝手に席に着き、ぐったりと椅子の背にもたれたまま、メニューをろくに見もせずに、一番上を無言で指して注文した。腰からずり落ちそうな椅子の座り方から、自分より若い気がした。同じ二十代だとしても、前半だろう。長めの前髪のせいで、目元がよく見えなかったけれど。


ミルクティーを飲み終えた早苗さんが、ごちそうさま、と言いながら立ち上がった。

「今の人、昨日見かけたような気がするんだけど」

「え、どこでですか」

「新しくオープンする店」


ちょっと先に空き店舗あったでしょ、と早苗さんはカウンター越しにお金を払いながら説明してくれた。

「通りかかったらドアがガラス張りに変わってたのよ。あれ、ここ何になるんだろう、と思って覗《のぞ》き込んでたら、チラシくれたのがあの人に似てたんだけど」とスヌーピーのエコバッグの中をごそごそ探りながら「いつ開店だったかなあ」と言いかけたとき、またドアベルがちりんちりりん、と激しく鳴ったので二人とも振り向いて、ぎょっとした。

さっきの男だ。まっすぐに万里絵たちのいるカウンターに向かってきて、抱えていた子どもの頭くらいの大きさの紙包みを、両手でぐいっと突き出した。

思わず後ずさりした万里絵の代わりに、男の横にいた早苗さんが受け取りながら、なあにこれ、と聞いた。

「カンパーニュ。できるだけ薄くスライスして、さっきの鴨肉《かもにく》をサンドしてみて」

男は怒ったようにそう告げると、またあっという間に店を出て行ってしまった。

包みを開くと、大きな楕円形《だえんけい》のパンが現われた。香ばしい匂いが広がる。触れると、まだほのかに温かかった。


男は、新しくできたパン屋の店主だった。

さくら通り商店街は、駅前のバスロータリーから北西にのびる細長いアーケードだ。「紅茶の店マリエ」はそのちょうど中程にあって、神谷虎之介《かみやとらのすけ》のパン屋「ブーランジェリー・ラパン」は、五分以上歩いてだんだん店がまばらになってくる辺りの、一番左端にある。なかなか借り手がつかずに、長く空いていた場所だ。

万里絵が今の店を開いたのは去年の、二十八歳の誕生日のことだった。

商業高校を出て以来勤めていた輸入雑貨の商社を辞め、四年もつきあってしまった上司との関係を終わらせたのをきっかけに、しばらく知り合いの喫茶店で修業をしてから、この店を居抜きで借りた。

新しい人生を手に入れた気分だった。余計な遠回りをしてしまったけれど、これからは誰かに引きずられることのない、自分の本当の人生が始まるのだ、と思い込んでいた。

開店当初は、パリのカフェ風の内装だった。シックな木目柄の壁紙を選び、四つあるテーブルには白いクロスをかけ、椅子だけはこだわって、アンティークの小ぶりなものに取り替えた。低い背もたれがついた猫脚のスツールで、近所の奥様たちに優雅なティータイムを楽しんでもらうつもりだった。商店街を抜ければ住宅街が広がっていて、平日の昼間も人通りはそれなりにある。

しかし、当てにしたほど客は来なかった。日替わりでケーキを焼いてみたり、ネットで宣伝したりといった万里絵の努力も、なかなか効果が出なかった。こんな郊外の商店街で高い紅茶を飲みたがるような奥様は、存在しなかったのだ。

代わりに、商店街で働く男性たちが、休憩がてら時々入ってくるようになった。

それで、珈琲を飲みたがる八百屋の杉山《すぎやま》さんのために豆を仕入れ、仕事帰りに寄る金物屋の嶋本《しまもと》さんのためにビール（一応ベルギーのにした）がメニューに入り、と客の要望に合わせて変えていくうちに、「紅茶の店」である根拠がどんどんなくなっていった。

フランスからたくさん仕入れた茶葉は賞味期限が迫り、開店時に揃《そろ》えたボーンチャイナのティーポットも、今では二つしか厨房《ちゆうぼう》の棚には並んでいない。紅茶を目当てに来てくれるのは、スーパーで働いている早苗さんと百合子《ゆりこ》さんの、二人だけだ。

先月はついに、内装も変えてしまった。

ピンクのカフェカーテンを外し、男性には小さすぎたスツールは、ホームセンターにあった頑丈な椅子に取り換えた。美しい紅茶の缶を並べていた作りつけの棚には、代わりにテレビを設置してしまった。少しでも長居してもらって、顧客単価を上げたかった。赤字すれすれの経営に悩んで、もう客さえ入れば何でもいい、と万里絵は思うようになっていた。

だが、こうやって上司との関係も流されてしまったのだ。

矢崎《やざき》と初めて寝たとき、万里絵には本気でつきあう気持ちなんかなかった。まだ二十二だったし、まさか二十も年上の妻子持ちの上司と、自分がそれから四年間もつきあうことになるとは、まったく予想していなかった。彼氏ができるまでの、繋《つな》ぎのつもりだったのだ。

こんなはずじゃなかった、と思ったときにはもう遅かった。いつの間に、どのようにして離れられなくなっていったのか、はっきり思い出せない。矢崎の執着が万里絵にも乗り移ったようになってきて、蜜月とも地獄とも言えるような、心身ともに密着せずにいられない日々の果て、気づいたら四年近く経《た》っていた。そして突然、それは終わった。始まりと同じく、万里絵の意思とは無関係に。

サンドイッチ用のパンを仕入れるようになって一ヶ月後、万里絵は代金を納めに、虎之介の店を訪ねた。

夜の九時を過ぎていたからパン屋はもう閉まっていて、二階の明かりだけ点《つ》いているのが通りから見えた。アーケード内は二階建ての長屋になっていて、二階部分を住居にしている店主も多い。

万里絵は店の前に自転車を停《と》め、ガラス扉の脇にあるブザーを押してみた。兎《うさぎ》をかたどった真鍮《しんちゅう》製のノブが、鈍く光っている。

まもなく一階の明かりが点き、ドアの内側に下ろされていたロールスクリーンの脇から、虎之介が顔を出した。

封筒に入れた一ヶ月分の仕入れ代を店内で渡し、「おかげさまでサンドイッチ、大

好評です」と万里絵が微笑《ほほえ》むと、

「前がひどかったからな」と虎之介は領収書を差し出した。

「具材の味も深くなりました」

「うん。大量生産のパンとは違うから」

「なるほど。酸味も甘みもあっておいしいって、お客様によく言われます」

「レーズンから起こした発酵種に、サワー種を少しだけ加えてるからな。カンパーニュだけど、俺はしっかりこねてグルテンを出すのが好みだ」

虎之介はパンのこととなると、よくしゃべるようだった。

「こちらのお店、毎朝行列らしいですね」

「いや、四、五人待ってる程度かな。普通だよ」

普通じゃないよ、少なくともウチはそんなこと一度もないし、と思いながら万里絵が「うさぎパン、大人気だって聞いてます」と微笑むと、「ああいうのも作れって言われたから、しょうがなくね」とつぶやく。

誰に言われたんですか、と聞こうとして、止めた。深入りはしたくない。特に相手が男だと、関わり合うのは面倒に感じた。万里絵は矢崎と別れて以来、男を避けるようになっていた。

ブーランジェリー・ラパンが商店街で少しずつ認識されるようになったのは、子どもたちにうさぎパンが人気になったのがきっかけだった。横向きのうさぎの全身をかたどった、メロンパンのように外側がカリッと甘くて、中はふっくらした白いパンだ。

虎之介が「ちょっと待ってて」とレジの後ろに入っていった。透明の仕切り板の向こうが工房になっていて、オーブンらしき銀色の大きな機械が並んでいる。

手に持ったままだった領収書を見ると、意外にとてもきれいな字だった。

虎之介は紙袋にうさぎパンをいくつか入れて、持ってきてくれた。

「いつも売り切れで、滅多《めった》に買えないんですよね」と万里絵が喜ぶと、ちょっと耳の形が悪くてよけたやつだけど、とだるそうにあくびをした。

「ではまた宜《よろ》しくお願いします」と帰ろうとしたとき、激しく犬の吠《ほ》える声が背後から聞こえた。振り向くと、入口のガラス扉の向こうに女が立っているのが見えた。

白いマルチーズ犬を抱いた、五十がらみの女だ。くるくるに巻かれた茶髪が肩に豊かにかかっていた。胸の谷間が見えそうな赤いワンピースを着て、口紅も真っ赤だ。胸元の白い肌に、むっちりした太腿《ふともも》。足には白いスニーカーを履いている。思わず全身を凝視してしまってから、万里絵は慌てて目を逸《そ》らした。

女は一緒に出てきた万里絵には目もくれず、虎之介に向かって「携帯の電源切らないでって言ったでしょ」と低い声で言った。花の香りがした。

万里絵は挨拶もそこそこに、停めてあった自転車のかごにバッグを入れた。虎之介が「犬は入れるなよ」と女に強い声で言っているのが後ろから聞こえた。あんな声も出せるのか。女が何か言っている。犬はそのあいだじゅう、ずっと吠えている。虎之介がまた、強い声を出した。

自転車の鍵を差し込もうとかがんでいると、背後から「ちょっとあなた」と女が声を掛けてきた。

「この子少しお願いできる?」

犬を差し出されて思わず受け取ると、「すぐ戻るから」と女は虎之介と一緒に店の中に入ってしまった。

犬はますます吠えて、腕の中で暴れた。路面に下ろし、よしよし、だいじょうぶだから、とお尻のあたりをそっと押して座らせ、しばらく背を撫《な》でた。万里絵の実家でも、以前マルチーズを飼っていた。母が亡くなってから、飼うようになった犬だった。急に横たわって、おなかを見せるほどリラックスした様子の犬を撫でてやる。この子も雌なんだな。

実家を手放してから、ベスのことを思い出すこともなくなっていた。万里絵の就職後まもなく父も亡くなったから、誰も住んでいなかった実家を、思い切って去年売ったのだ。その資金を元手に、今の店を開いたのだったが、万里絵は実家を失って初めて、天涯孤独の身になったことを、はっきり実感したのだった。

マルチーズの柔らかい毛の奥の、体温を感じる。小さくて細い背骨が、ごつごつと指に触れた。もしかして、父が亡くなったとき、ベスを人に譲ったりせずに引き取って一緒に暮らしていたら、矢崎と寝たりしなかったかもしれない。

矢崎はつきあい始めたとたん、毎晩午前三時まで万里絵の部屋にいて、タクシーで帰るようになった。矢崎の万里絵への傾斜ぶりは急激で熱烈だった。夫が突然こんな風になったら、妻は気づくに決まっている、と万里絵は思った。でも、矢崎は家庭に問題があるとは一度も言わなかった。そもそも、ほとんど妻のことを口にしなかった。暗黙の了解というやつなのかな、と万里絵は都合よく思い込んだ。子どももいるし、何があっても家庭は平和にという了解ができているのだろう、と。

矢崎とつきあっていた四年は、彼のことばかり考えていた日々だったと共に、矢崎を通してその家庭を感じ続けた四年でもあった。

万里絵の想像する矢崎の妻はキャリアウーマンで（働いていると矢崎が言ったから）、夫のことに興味はなさそうだった（あまり話さないと矢崎が言ったから）。夫をこんなに自由にさせて平気なのだから、もしかして恋人がいたりするのかもしれない。少なくとも、男性にもてないタイプではないだろう。

髪を美しく整え、高そうなスーツを着こなした綺麗《きれい》な年上の女性のイメージを、万里絵は四年かけて作り上げた。ただ、その人のことを、自分と関係があるものとして認識することはできなかった。矢崎の背後にいつも掛かっている絵のようなものとして、勝手に頭のなかで思い描いては、眺めているだけだった。

その妻からいきなり電話が来たのは、ひっきりなしだった矢崎の訪問がふいに途絶えてから、数日後のことだった。

初めて会った矢崎の妻は、予想とぜんぜん違う人だった。もっと派手な人だったらよかったのに、とそのとき万里絵は思った。自分勝手そうで、わがままそうで、男に不自由しないように見えたらよかったのに。

「あなたも虎之介のこと好きなの」

頭の上で、だしぬけに女の声がした。

いつの間にか、さっきの女が店から一人で出てきたところだった。女はしゃがみこみ、万里絵が撫でていた犬を抱き上げた。短いワンピースが捲《めく》れて、太腿のほとんどが一瞬あらわになるのが見えた。

似ている、と万里絵は思い出す。この人よりずっと地味で、ずっとおとなしそうな人だったのに。

「あなた、まさか夫のこと本気で好きなわけじゃないでしょ」とあのとき矢崎の妻は言ったのだ。爛々《らんらん》とした目で言った。目の前にいる女のように。

万里絵は急いで立ち上がった。一瞬立ち眩《くら》みがする。

「サンドイッチ用のパンをこちらで作っていただいています。この先で紅茶の店をやっている佐々木《ささき》と申します」

「私の店は線路の向こう。よかったら飲みに来てよ、スナックだけど」と女はさっきまで光らせていた目をだるそうに伏せ、小さな白いバッグから名刺を出して万里絵に手渡した。

「ルビー」という店の名が赤い字で書いてあり、その下に「ママ　神谷伊都子《いつこ》」とあった。虎之介と同じ苗字《みようじ》だ。母親だろうか。

犬はもう吠えなかった。

見上げると、ブーランジェリー・ラパンの二階の明かりはもう消えていた。

2 早苗

「どうしよう」

雪下《ゆきした》早苗は、今日何度目になるかわからない言葉を、また口にした。

起きてしばらくは、昨日のことは全て夢だったような気がしていた。でも着替えるとき、左腕の付け根や首元に小さな痣《あざ》をいくつもみつけて、青ざめた。手首にも、うっすら痕がついていた。熱いシャワーを浴びると、一気に昨夜のことが鮮明に蘇《よみがえ》ってきて、「どうしよう」とたまらず声に出していた。たぶん、朝食のパンを食べている間にも、何度かつぶやいたと思う。

「どうしたの。忘れ物？」

隣のロッカーの前で着替えていた、松田《まつだ》百合子が顔を向けた。

「ううん違う」

慌てて我に返りながら、早苗はロッカーから取り出した緑のエプロンをつけ、靴を店内用のサンダルに履き替えた。

　レジパートの集合時間まであと十分ある。今日は月曜日だから、レジは三台だ。フル勤務の百合子と一緒にレジ開けしてから、釣り銭を事務所に取りに行かねばならない。

「世界一」は、さくら通り商店街の入口にあるスーパーマーケットだ。一階に生鮮食料品、二階には酒類や調味料などが置いてあり、いつも賑《にぎ》わっている。特に人気なのは一階の惣菜《そうざい》コーナーで、早苗たちレジ係が夕方いちばん多く客のカゴから取り出すのが、パックの惣菜や弁当だった。市場で朝仕入れた新鮮な食材を使ってバックヤードで作ったものをその日に売り切るので、地元の人たちがサービスタイムを狙って群がるのだ。

　二階の奥には事務所と、休憩室を兼ねた更衣室がある。今ロッカーの前で着替えているのは、百合子と早苗の二人だけだった。着替えずに、家からエプロンをつけてやってくるパートさんも多い。

　百合子は早苗より七つ上の五十歳で、息子が二人いる家庭の主婦だ。早苗とは、一緒にレジ研修を受けたのがきっかけで仲良くなり、仕事帰りに二人でお茶を飲んではよくストレス解消している。

「百合子さん、今日はフルだよね」

「うん。早苗さん早番？」

「そう。でも待ってるからさ、終わったらマリエでお茶しない？」

早苗は深刻な顔にならないように努めながら、誘った。百合子といつものように他愛《たわい》ないおしゃべりでもすれば、少しは落ち着くような気がしたのだ。

「いいよ、下の子の塾が終わるまでなら」と百合子は一階に向かう階段を下りながら、肩までの髪を黒いゴムで結んだ。


仕事中も、早苗は「どうしよう」と何度か心の中でつぶやいた。こんなことになるなんて、思ってもみなかった。

早苗は週休二日のシフト勤務で、スーパーマーケット「世界一」のレジを打っている。いつも前日もらった売れ残りのパンで朝食をすませ、自転車で十分の職場まで行く。昼は店内で買ったお弁当を食べ、夜は仕事が終わる頃ちょうど半額になる寿司《すし》やサラダなどを買い、また自転車で家まで帰る。そうしてずっと、一人で暮らしてきた。

早苗は九年前に夫を亡くした。会社で急に倒れてそのまま亡くなってしまったので、葬式まで終えても、早苗は夫が死んだという事実になかなか馴染《なじ》めなかった。そのうち帰ってくるような気がして、ふと気づくと夕食を二人分用意してしまうことが何度もあった。朝早く起きて無意識にお弁当を作ってしまうこともしょっちゅうだったし、毎週ワイシャツを取りに行っていたクリーニング店で伝票を出そうとしたりもした。二年ほどそんな風に、現実感のないままぼんやりと日々を過ごしているうちに、このままだとまずいような気がしてきて、或《あ》る日買い物に出たスーパーで貼り紙を見て、そのままレジ係に応募したのだった。

早苗はずっと専業主婦で、就職の経験がなかったから、しばらくは慣れないことの連続で大変だった。さまざまな金券の使用法やカードによる優待の種類、キャッシュレス決済のやり方など、現金授受以外の細々《こまごま》した決まり事をたくさん覚えるのには苦労したし、曜日や時間別のセール対象品も、毎週チラシに印をつけながら真剣に読み込んだ。

そうして必死で仕事を覚えていくうちに年月が経ち、ベテランと呼ばれるようになる頃には、ほとんど夫のことを思い出さずにいられるようになっていた。

時間通りにスーパーに行き、間違えないようにレジを打つ。それだけの毎日だ。

さびしいという気持ちはなかった。今年の四十三歳の誕生日も一人で過ごした。岡山にいる姪《めい》から誕生日カードが送られてきたほかは、普段と変わらず、スーパーで働いて過ごした。だからこのままずっと平穏に、スーパーでレジを打ちながら年をとっていくものと思っていた。昨日、虎之介に会うまでは。

早苗はレジの仕事が好きだ。忙しい時間帯は特に、自分が機械になったような気がする。余計なことは何も考えなくていい。できるだけ効率よく、間違いなく、商品をレジに通して、お金を受け取る。客の顔なんか見るひまはないし、客も早苗の顔なんか見ない。今日みたいに、どうしようどうしよう、と早苗がずっと思っていることなんか、誰も気づかない。レジを打つのが早苗でも百合子でも、同じように列は進み、客はどんどん流れてゆく。物事が日々同じように、滞りなく進むこと。それはとても安心できることだった。

でも早苗は今朝起きて、世の中がすっかり変わってしまったことを知った。窓の外の景色が、昨日までと全く違って見えたのだ。

初めて眼鏡をかけた日のことを思い出した。小学五年生の検診で、眼鏡をかけるように言われたのだ。出来上がった眼鏡をかけたとき、こわいくらいにすべての物がくっきり見えて、驚いた。

こんなに世の中がきれいだったなんて。

あのときのように、昨日を境に世界が変わって見える。窓の外の木々が、朝日を浴びて光っていた。葉の一枚一枚が、みずみずしくきらめいて、揺れている。木の幹がこんなにのびやかに空に向かっているとは知らなかった。細い枝々が、いっせいに手を何本も差し上げて喜んでいるように見えた。みんな、万歳しているみたいだ。

早苗は急にこわくなった。私はどうかしている。こんな風に景色がきれいに見えるなんて、どうかしているんだ。早く、元の自分に戻りたかった。昨日までの、霞《かすみ》がかってぼんやりとした、安全な世界に戻りたい。

あんなことは何でもないことなんだ、と思い込もうとした。よくあることなんだ、きっと。

そう思うほど、昨夜のことが蘇ってきて、早苗はまた「どうしよう」とレジを打ちながらつぶやいた。

虎之介はいつも通り、朝の四時に目覚めた。

着替えて顔を洗い、ぼさぼさの髪をオールバックに梳《くしけず》り、白い清潔な三角巾ですっかり覆う。一階に下りて工房の明かりを点ける。手を綺麗に洗って消毒し、新しい白衣に袖を通す。これから開店の八時まで、怒濤《どとう》の焼成タイムなのだ。

虎之介は一人で店をやっている。もちろん開店中にも奥の工房で何度か仕込みをしてパンを焼くから、客はその時間帯、セルフサービスでパンを袋に入れ、代金をレジ台にある箱に置いて帰ることになっている。今のところ、店番を雇う余裕はなかった。

虎之介はまず、万里絵の店用のカンパーニュの生地を、ホイロから取り出した。

クリーム色の生地が容器いっぱいに膨らんでいるのを見て、「うん、最高だな」とつぶやく。

虎之介は一日に何度も、パンに向かってそうつぶやく。発酵の後でそう言い、切り分けて形を整えてからまた言い、最終発酵させてからも、言う。ついに焼き上がったときには、深いため息と共に、何度もつぶやいてしまう。

粉と水と塩と酵母。それらをうまく合わせて、ポテンシャルを最高にすること。虎之介の生きがいはそれだけだった。

カンパーニュの生地を次々に分割しては秤《はかり》に載せる作業を繰り返していると、右腕にかすかな痛みを感じた。

なんだろう、としばらく考えて、ああ、昨日の女だ、と思い出した。

あの女、前にもどこかで見たことがあったはずだけど、と虎之介は手を動かしながら考える。しかしすごかったたな。最初はびっくりするほど体が硬くて、こわばってるから撫でようとしたら、蹴られた。でも、最後はすごくいい感じだったたな。どんどん柔らかく、のびやかになって、まるで別人になった。

でも、と虎之介は考える。もう、ここではなるべく客とは寝ないようにしよう。揉《も》め事になったら、また逃げなくちゃならなくなる。こないだ、伊都子に釘《くぎ》を刺されたばかりだった。もう次はついていかないからね、と伊都子は言った。わざわざスナックを開ける前に店にやってきて、そう言った。次やばいことになったら、もう知らないよ。離婚届置いて、一人で逃げてよ。

伊都子はたいていぼんやりしてるけど、ときどきこわくなる。こわくなって、発酵しすぎた生地みたいに、まとわりつくようなべたべたした声になる。扱いづらいことこの上ない。でもそういうときの伊都子の肌は、おどろくほど柔らかかった。つい触れてしまうと、離れられなくなる。

とにかく、と虎之介は思った。昨日の女がまた店に来たら、工房から出ないように気をつけよう。会ってしまったら、きっとまた寝ることになる。それは避けられないだろう。

このパンにはどんなジャムが合うのかしら、と言っただけなのに、と早苗は思った。どうしてあんなことになったのだろう。

閉店間際のラパンに入ったのは、昨日たまたまスーパーで売れ残りのパンが出なかったせいだ。朝食用のパンが欲しくて、帰りに立ち寄った。押し麦入りのパンを一本包んでもらっているときにそう尋ねたのだ。ドイツパンは食べたことがなかった。

夫が生きていた頃は、朝は必ず和食と決まっていた。ご飯に味噌汁《みそしる》、目玉焼きと青菜のお浸し、という彼好みの朝食を作っていた。六時に起き、まずお弁当の具材を調理してから、それを冷ましている間に朝食の用意をする。結婚以来十二年間、ずっとそうしてきた。一人になってからも、しばらくは機械的にその習慣を続けていたが、だんだんできなくなった。もう毎朝夫の出勤に合わせて起きる必要も、朝食を二人分作る必要もないのだという現実を受け入れるに従って、何時に起きればいいのかわからなくなっていった。

昼頃やっとベッドから出ても、台所に立つ気力がなかった。何か食べないといけない、と思うのに、まるで食欲も湧かなかった。精神的に落ちこむとか、夫が恋しくて涙にくれるとか、そういったことはなかった。ただ、急に食べることを含めて生活全般が、ひどく面倒になってしまったのだ。

それでしばらく、サンドイッチだけ食べて生きていた。サンドイッチなら、そう面倒に感じないことがわかったのだ。それから毎日、スーパーでサンドイッチを買っては、朝昼晩と食べていた。サンドイッチ期が終わって、元通り何でも食べるようになってからも、毎朝パンを食べる習慣だけは残った。

早苗は夫がいなくなってから、何かを積極的に選択するということをしなくなった。再婚をすすめてくれた人もいたし、実際何人かに会ってもみた。でも、もう一度結婚したいという気持ちには、どうしてもなれなかった。

夫が残してくれたこの家で、余生を静かに送りたい。この九年、早苗はそう思って生きてきた。

でも、どうやらその余生は、思っているより長く続くのかもしれない。子育てが終わったら大好きな陶器の店を出したいという百合子の夢を聞いたりしているうちに、最近やっとそのことに気がつき始めた。

しかし、まさかあんなことをするなんて。

昨日、易々《やすやす》と口を開けてしまった自分を思い出す。

これはギリシャで採れたレモンの花の蜂蜜で、と言いながら虎之介が瓶にティースプーンを入れるのを見ていたときは、それをちゃんと手で受け取ろうとしていたはずなのに。

とろりとした蜂蜜を載せたスプーンが、今にもこぼれそうなさまで目の前に近づき、どうぞ、と促された早苗は自然に口を大きく開けた。差し込まれて口を閉じる。蜜がこぼれないように閉じた唇の隙間から、スプーンがゆっくりと出ていくと、圧倒的な甘さと、かすかな苦みが、口の中いっぱいに広がった。

そのとき、早苗は自分でも知らないほど奥深くにあった、何かの蓋が開いていく感じがした。体がゆるむのがわかった。舌の上で、しゃりしゃりした蜂蜜の結晶が、ゆっくり溶けていった。

やがて、スプーンごと虎之介の手をつかんで、引き戻したい、という強烈な衝動がやってきた。

初めて見たときから気になっていたのだ、と早苗は思うことにした。そういうことにしないと、自分の行動が全く理解できなかった。ほとんど話したこともないような、自分よりずっと年下の男と、その日のうちに寝てしまうなんて、自分の身に起きたこととは、とても思えない。

だからこれは恋なんだ、と早苗は強く思い込んだ。一目惚《ぼ》れして、きっといつの間にか好きになっていたんだ。

　仕事を終える頃には、早苗は朝から繰り返していた「どうしよう」の代わりに「恋」という言葉を手に入れて、少し落ち着きを取り戻した。

3 万里絵

「ほんとに恋人いないの？」と定期的に百合子さんは聞いてくる。

そのたびに、いません、と答えると、もったいないわねえ、といつもため息交じりに言われる。さくら通り商店街のマドンナなのにねえ、と。

昨日ひさしぶりに聞かれたとき、なぜか虎之介のことが、万里絵の頭に浮かんだ。

万里絵は店から自転車で十分のマンションに住んでいる。毎日、ブーランジェリー・ラパンの角を曲がって商店街に入り、店に通っているのだが、そのたびに、虎之介がいるかどうか、ついガラス越しにラパンの店内を確かめてしまう。そして、無意識にそうしてしまう自分に気づいて、「最悪」とつぶやくのだった。最悪を振り切るように、万里絵は自転車を立ち上がって漕《こ》ぎ、全速力で走る。

どいつもこいつも、最悪。

万里絵は男にうんざりしていた。そして、それでも男というものをあきらめきれない自分に、もっとうんざりしていた。

気をつけなくちゃ、と万里絵は改めて思う。もう、失敗したくない。もう変なことになるのは嫌だった。失敗とか変なこととは、万里絵にとって、寝てしまうことだった。寝なければ、とりあえずは安全だ。

開店準備を済ませて、店のシャッターを全部上げるために外に出ると、店の前にはすでに三上《みかみ》さんが立っていた。

「おはようございます」と三上さんは、まだ四十になったばかりなのにすっかり禿《は》げた頭をちょこんと下げて、いつも通り礼儀正しくあいさつをした。童顔で、笑うと育ちの良さが全開になる。

三上さんは向かいにある酒店の二代目だ。お父さんが心臓の手術をしたのをきっかけに、勤めていた大手酒造メーカーの研究職を辞めて、店を継いだ。まだお父さんもときどき店に出るので、そういう日は、休憩と称して、万里絵の店に何度も珈琲を飲みに来る。常連客の男たちのなかでは、最も若く、唯一の独身だった。

店を出して間もない頃に、万里絵は三上さんに求婚された。

ある朝、いつものように店を開けようと外に出ると、三上さんが花束を抱えて立っていた。午前十時。万里絵は寝不足で、少しぼんやりしていた。機嫌もあまり良くなかった。まだ矢崎のことで不愉快な問題が残っている頃だったし、店の経営も全然うまくいっていなかった。

誰もいない店に入ると、三上さんはいきなり土下座をした。

「どうしたんですか一体」

咄嗟《とっさ》にカウンターの中に後ずさるようにして、万里絵は呆然《ぼうぜん》と見下ろした。

「万里絵さん！」と三上さんは床に額を付けるようにして、大声で叫んだ。「僕はあなたに、一目惚れしてしまいました！」

「わかりました！」

万里絵は反射的に言ってしまった。とりあえず、床に向かって叫ぶのを止めたかったのだ。

「えっ」

三上さんが顔を上げた。輝くような笑顔だった。

「じゃ、いいんですか」

「何がですか」

「僕と、結婚してくれますか」

「えっ」

万里絵は慌てて「嫌です」と叫ぶように言った。

「嫌です！　ぜったいに、ぜったいに嫌です！」

何もあんなに何度も嫌だと叫ばなくてもよかったのだ、と万里絵は思い出すたびに申し訳なくなってしまう。それからしばらくして三上さんは、少しだけ残っていた耳の上の髪の毛もすっかり抜けて、完璧な禿げ頭になってしまった。

本当は、あんな人と結婚して、幸せになれたら一番いいのだろうけれど、と万里絵は思う。百合子さんにも、おすすめよ、と言われたし。一人息子なのがちょっとアレだけど、酒屋だけじゃなくて駅前の駐車場も持ってるし、将来は安泰よ、と百合子さんはカウンターで紅茶を飲みながら、教えてくれた。

今朝も三上さんは、開店と同時に入ってきて、いつものように珈琲を一杯飲みながら静かに朝刊を読み、大人しく帰って行った。

でも、どうしても、あの人と寝る気にはなれない。

万里絵は三上さんを見るたびに、そう思った。だが、何とかして好きになれないものだろうか、とも常々思っているのだった。

三上さんが帰ると、万里絵はランチ用のサンドイッチの下ごしらえを始めた。

店ではお昼に、サンドイッチと日替わりの野菜スープをセットにして出している。八百屋の杉山さんが今朝、春キャベツのいいのが入った、と届けてくれたから、今日はキャベツとベーコンのスープを作った。人参《にんじん》のみじん切りも彩りに少し入れて、じゃがいもをすりおろしてとろみをつけてある。

二種類あるサンドイッチのうち、さくら通り商店会会長である肉屋の墨田《すみだ》さんから仕入れる、レバーペーストを使ったものが人気だった。バゲットにたっぷり塗って、人参の千切りにフランボワーズドレッシングを和《あ》えたキャロットラペを挟んだ、「マリエオリジナル」だ。

ラパンから仕入れるようになったおかげで、ランチの売り上げがだいぶ増えた。土日の客足が鈍いのをなんとかすれば、開店資金を回収する目処《めど》が立つかもしれない。

万里絵は土日用のブランチメニューにもラパンのバゲットを使って様々試作していたが、問題は、虎之介のOKがなかなか出ないことだった。許可がないと卸してもらえないのだ。今までに六つの試作品が却下され、まだ一つにしかOKは出ていなかった。

今夜、新しいレシピを虎之介に試食してもらうことになっている。まだだめだったら、もう奥さんに相談しちゃおうかな、と万里絵は思いつめていた。虎之介の店の前で会った伊都子というのが虎之介の妻であることは、墨田さんから教えてもらった。

お母さんではないと知って驚いたが、まあ母親みたいなもんかもよ、と墨田さんはラパンの改装費を伊都子が全部出したことや、家賃も少し補助しているらしいことなど、べらべら万里絵にしゃべった。

墨田さんに協力してもらって、あのスナックの奥さんの許可をもらってくればいい。どいつもこいつも、妻というものにはなぜか弱いのだから。

矢崎だって、妻にばれたとたん、塩をかけたなめくじみたいになってしまったのだ。あれは驚くべき変化だったな、と万里絵はつくづく感心してしまう。二人で作ってきた関係は、妻というものが登場したとたん、女同士の話し合い（というか一方的な申し渡し）になった。矢崎は一度も万里絵ときちんと話をしようとしなかった。一回だけ電話がきて、消え入りそうな声で「ごめんね」と言っただけだった。

墨田さんは、レバーペーストだけでなく、ハムや鴨肉のローストなどのサンドイッチ用食材を、毎日届けにきてくれる。そしてついでに、珈琲を飲んで長々とおしゃべりしていく（お金を払ってくれたことはない）。もう七十代らしいのに、豊かな髪とつやつやした肌をしているのは、豚のコラーゲンを毎日たくさん摂《と》ってるからじゃないか、と早苗さんと百合子さんが噂《うわさ》していた。「肉の墨田」は手作りソーセージの店としても有名で、軟骨入りソーセージを百合子さんはよく買っているのだそうだ。コラーゲンのために。

ランチ客が一段落した午後三時過ぎに、早苗さんが入ってきた。カウンターで、配達にきた墨田さんが、いつものように珈琲を飲んでいるところだった。

「あれっ、早苗さん今日は早いね、もう仕事終わり?」

墨田さんは声が大きい。市民センターで詩吟を教えているだけあって朗々としたいい声だが、万里絵はその大声が少し苦手だった。

「ちがうの、早引け」と早苗さんはぐったりとカウンターにもたれ、「シナモンチャイ下さい。甘くして。あと野菜のサンドイッチ、テイクアウトできないかな」とカウンターの中にいる万里絵に向かって言った。

「どうしたの? 風邪?」と墨田さんが聞くと、「ちがうの、ちょっとしたトラブルで」と早苗さんは大きなため息をついた。

その日スーパー「世界一」で、万引き犯が捕まるのを目撃したのだと早苗さんは言った。そして「よくあることとなんだけど、今日のは常習犯だったから、警察呼ぶことになっちゃって、そしたら犯人の女の人が事務所でずっと泣いて。私ああいうの見たくないんだよね。なんだかそれから疲れちゃって寒気がしてきたから、早番の百合子さんと代わってもらったの」と言うと口を噤《つぐ》み、ぐったりした様子でチャイを飲んだ。

ちょうどそこへ、虎之介が入ってきた。週末ブランチメニューの試作に使うための、バゲットの売れ残りを持ってきてくれたのだ。

「二本しか余らなかったけど」と虎之介は墨田さんと早苗さんの間を割って、カウンター越しに包みを渡してくる。

「こんにちは」と早苗さんが顔を向けた。虎之介は無反応だ。

「こんにちは」と早苗さんがもう一度声を張り上げると、虎之介は無表情のまま早苗さんの方を見もせずに「こんちは」と口の中だけでつぶやいた。早苗さんは、虎之介の横顔からじっと視線を外さない。

伝票を受け取るとすぐに、虎之介は出て行った。墨田さんには挨拶もしなかった。

「あいつ、相変わらず愛想悪いねえ」

墨田さんは大声で「奥さんもかなり変わってるけどね。似たもの夫婦って言うのかねああいうのも」と続けた。

しばらく黙っていた早苗さんが、墨田さんの方をゆっくり向いてから「あの人、結婚してるの」と低い声で尋ねた。

先週の日曜日のことを、万里絵は思い出していた。閉店後のラパンに、早苗さんと一緒に行った日だ。

その日もブランチメニューの試食会をすることになっていて、早苗さんはたまたま遅くまで店にいた流れで、一緒に来てくれることになった。百合子さんには前日に食べてもらって好評だったし、虎之介が今夜OKすれば、相談してもっとパンを入れてもらって、来月から早速新メニューに加えよう、と万里絵は意気込んでいた。早苗さんの様子が変なことに気づくのが遅れたのは、新しいメニューのことで頭がいっぱいだったせいだ。

いま思えばその日、早苗さんはきっと万里絵を見張るために、ついてきたのだろう。最近、閉店後にラパンで虎之介と新メニューの開発中なのだ、と言ってしまったから。

余ったバゲットを二センチの厚さにスライスする虎之介の横に貼りつくようにして、早苗さんはずっと話しかけていた。筋肉がしっかりついていて、働き者の腕ね、とか何とか。見ていなかったが、もしかして触ったりもしていたのかもしれない。

虎之介はずっと無言だった。終業後だったせいか、めずらしく白衣の腕をまくりあげていた。定休日に普段着で外をだるそうに歩いている時とはまるで違って、工房での虎之介は、皺《しわ》ひとつない白衣姿に髪を三角巾で覆い隠して、きりりとしている。貧弱そうな細い目も痩《こ》けた頬も、工房では精悍《せいかん》に見えた。

万里絵は二人の後ろの作業台で、ボウルに次々卵を割り入れてホイッパーで溶いた。そこへ砂糖と塩を加え、人肌に温めておいた牛乳と生クリームを入れてさらに混ぜ、アパレイユを作る。カスタードクリーム色の液体に、コーンスターチを加えて混ぜるうちに、だんだんとろりとしてくる。

虎之介が「どれ」とボウルに顔を近づけてきたので、万里絵は自分の指ですくったアパレイユを虎之介に舐《な》めさせた。虎之介は目を閉じ、舌全体に液体をしみ込ませるようにかすかに音をたてて味を確かめながら、「うん、いいな」と言った。

アパレイユにバゲットを浸してよく染みこませ、型に入れて、オーブンで湯せんにして焼く。

ブランチメニューは、甘いものを中心にするつもりだった。女性客を週末だけでも増やしたくて、どうしてもパンプディングをメニューに入れようと何度も試作していたから、万里絵は焼き上がるまで緊張していた。

ついにOKが出たとき、嬉《うれ》しすぎて思わず虎之介の両手を取り、強く握ってぶんぶんと振った。「虎之介さんのおかげです」と言うと、仕方なさそうに手を握られたまま、照れたようににやりと笑った。

「すごくおいしいわね、これ、やっぱりバゲットがいいからかしらね」と早苗さんも褒めてくれた。そして、勢いで握手を求めてくる万里絵に向かって「じゃ、これでもう今夜は解散でいいかしら」と言った。いつも笑顔の早苗さんが無表情なことに、そのとき万里絵は、やっと気づいたのだった。

万里絵に背を向けて、虎之介に「今夜も泊まっていい？」と早苗さんは聞いた。

「ああ」と虎之介は肯定なのか詠嘆なのかよくわからないような声を出した。

「じゃあ、泊まるわ、私」と早苗さんはきっぱり告げた。虎之介に言うようにして、万里絵に言った。

しまった、と万里絵はそのとき思った。

早苗さんの思惑に全く気づいていなかったことに「しまった」と思ったのか、それとも二人がそういうことになっていることについて「しまった」と思ったのか、自分でも、はっきりわからなかった。

虎之介の妻が線路の向こうにできたスナック「ルビー」のママで、「かなり強烈な女」であること、夫婦といっても別々に暮らしているらしいこと、親子といえるほど年が離れていること、などについて大声でしゃべる墨田さんの話を、早苗さんは顔色ひとつ変えずに聞いていた。そして、さっきまでぐったりと元気がなかったのが急にしゃっきりしてきて、持ち帰りにすると言っていたサンドイッチをその場でむしゃむしゃと一気に平らげ、いつものようににこやかに帰って行った。

だから墨田さんは何も気づかなかっただろうけど、と万里絵は早苗さんの飲んだチャイのカップを洗いながら、思った。

どうするんだろう、早苗さんは。あの男に妻がいると知って。

パンを作っているときの、虎之介の平べったく長い指を思い出す。

なんであんな男と寝るんだろう。早苗さんのようにまともそうな人が、よりによって、自分よりずっと若い既婚の男なんかと。

そう万里絵は思いながら、虎之介の舌が自分の指を舐めたときの感触を、思い出してみずにはいられなかった。

4
早苗

恋だと思い込んでうっとりしていた日々が突然終わり、早苗はどん底の十日間を過ごした。

虎之介は妻の存在をあっさり認め、早苗がなじると、嫌ならもう来なくていいけど、といつものようにぼそっと言った。だいたい、そっちが勝手に来てるだけだし、とまで言った。

たしかに早苗が誘ったような形だったし、勝手に好きになったのは事実だった。店の二階に一人で住んでいるから、まさか妻がいるとは夢にも思わず、確かめることをしなかったのも自分のミスかもしれなかった。

でも。

この気持ちも、自分だけのせいなのだろうか。

真実を知っても未だに《いま》、自分の中に激しく渦巻いている「欲望」や「快楽」の名残を、早苗はどうしていいかわからなかった。仕事をしているときはかろうじて忘れていられたが、一人になったとたん、行き場のないさまざまな感情が一気に襲ってきた。本を読んでも、音楽を聴いても、虎之介のことが頭から離れない。何とかして気を紛らすためにテレビをつければ、タレントがパン屋の食べ歩き番組をやっているし、ラジオなら大丈夫かと思えば、悩み相談らしい不倫の話ばかりがやけに耳に入ってくる。

家でじっとしているからいけないんだ、と仕事の後で衝動的に駅前のスポーツクラブの見学に行ってみたものの、虎之介と同じような背恰好《せかっこう》の男ばかりが目につき、そのたびに心臓が激しく打った。だが勿論《もちろん》よく見るとまるで似ておらず、一気に緊張が解けてぐったりして、入会せずに帰ってきてしまった。

行き場がなくなった思いを、早苗は全くコントロールできなかった。特に、夜ベッドに入って寝ようとしている時間が一番辛《つら》かった。優しく自分に触れた虎之介の指先。あれも嘘《うそ》だったんだろうか。

毎日、職場への行き来に虎之介の店の前を通るのも、良くなかった。ラパンの前にさしかかるとつい、速度を落として虎之介の姿をガラス越しに探してしまう。

虎之介は奥の工房で何か作業していたり、店のレジ台に立ってパンを包んでいたりした。時にはお客さんと談笑していることもあって、そんな姿を見ると、早苗はひどく怒りが湧いてくるのを感じた。自分と同じくらいの年恰好の女性客と至近距離で話しているのを見たときは、女を突き飛ばしたいような衝動に駆られた。怒りにまかせて早苗は自転車をものすごい勢いで漕ぎ、もう絶対に店の前を通らないようにしよう、と思うのだが、翌日もまた、通りすがりに虎之介の姿を確認せずにはいられないのだった。

発覚から十日経って、早苗はついに我慢できなくなり、仕事の帰りに自転車を停め、閉店間際のラパンに入ってしまった。

店内にお客さんはおらず、パンもほとんど売り切れて、棚はがらんとしていた。虎之介は今日の売り上げを数えているところらしく、レジ台に俯《うつむ》いたまま顔を上げずに「いらっしゃいませ」と言った。

早苗はレジに向かってずんずん進み、虎之介の前に立って「どうなってるの」と大きな声を出した。

虎之介はやっと顔を上げ、「ああ」といつものように感嘆なのか挨拶なのかよくわからない声を出した。

「ぜんぜん電話もないし」と早苗は怒りのにじんだ声をふるわせた。「メールもないし。何なのよ、いったい」

「電話、嫌いなんだよね」と虎之介はぼそっとつぶやいた。「メールアドレス、知らないし」

「だけど、普通は、そっちから連絡があるべきでしょう、こういう場合は」

普段とはまるで違う、甲高い声になった。泣く代わりに、怒っているのだという気がした。

「そうなのか。ごめん」と虎之介は素直に謝り、何事もなかったかのようにまたお金を数え始めた。

早苗はなんだか脱力してきて、そのまま立ち尽くした。

虎之介の「いち、に、さん、し」というお札を数える声が、静かな店内に響いている。柔らかい声だな、と早苗は思った。普段はぼそぼそと聞き取りにくいが、こうして二人きりでいるときは、ふんわりとした雲のような感触をもたらす。摑み所がないけど、なぜか癒やされる。

「手伝おうか」と小さくつぶやくと、「うん」と虎之介は頷《うなず》き、また「さん、し、ご」と数え続けた。早苗は虎之介の横に並んで、五百円玉を数えた。

間違えないように、虎之介が数える声に合わせて、「いち、に」と声を重ねた。二人の声が店内に柔らかく重なり、しばらく響き続けた。ウインドウの外に静かな雨が降り始めたが、二人は顔を上げなかった。

明け方に二階の部屋で早苗が目覚めたときには、もう雨は上がっていた。濡《ぬ》れた自転車のサドルをハンカチで拭いてから、早苗はそれに乗って家に戻った。

虎之介は妻のもとに、週に一度だけ帰るらしかった。

定休日の前夜にスナックの二階に泊まり、翌日の昼には自分の店に戻ってくる。なぜそういうことになっているのか聞いてみたのだが、いまひとつ要領を得なかった。しつこく質問する早苗に虎之介がぽつりぽつりと答えた断片を総合して理解するに、どうやら妻にはたいてい男がいるようで、虎之介にも女がいるから、ということのようだった。なぜそれで離婚しないのかという質問には、何度聞いても「なんでかなあ」とか「しなくてもいいから」とか、全く答えにならない言葉しか出てこなかった。

早苗は、「俺にも女がいたりするし」というのを自分と結びつけて聞いてしまった。虎之介の女である自分は、どうやら妻の公認であるらしい。それならば、特に問題はないのではないか。亡き夫が買ってくれた家もあるし、仕事もあるし、もう今後結婚する気もない。虎之介の妻が許すのであれば、自由にこの人と恋愛してもいいのではないだろうか。いざとなれば、すぐ離れればいいんだし。

地獄のように思えた恋の苦しみはあっけなく終わり、再び、うっとりするような日々が始まった。


虎之介はメープルバゲットの生地を丸めていた。

メープルシュガーを使って、かすかに甘い味と香りに仕上げたこのプチサイズのバゲットも、ブーランジェリー・ラパンの人気商品のひとつだ。

ふわふわの手触りの生地を、くるくると二回、折りたたむように巻いて、十五分休ませる。それから小指と薬指と手のひらの端あたりを使って、素早く丸め直す。中に含んだガスをちゃんと保ったまま、新しい面を出して生地に張りのよい弾力をもたせると、元気な子になる。

「元気な子」と虎之介はいい状態のパン生地のことを呼んでいた。丸い元気な子がいくつも並ぶと、本当にかわいい。その子たちを細長い紐《ひも》状に伸ばして成形し、キャンバス地の布に寄せた襞《ひだ》の間にきれいに並べていく。最終発酵は一時間半くらいだ。

虎之介は、パン生地に初めてさわったときから、その手触りにとりつかれてしまった。

子供の頃、母がよく家でパンを焼いてくれたのだ。あたたかい真冬のリビングで遊んでいると、急になんとも香ばしい匂いが、台所から漂ってきたものだった。台所の入口から覗くと、母が分厚いミトンをはめた両手で、黒いオーブンの扉を下ろすのが見えた。きれいなきつね色に焼き上がった丸い小さなパンが、行儀よく等間隔に天板の上に並んで引き出されてくるのを見ると、「わあっ」と歓声を上げずにはいられなかった。

なんてかわいいんだろう、パンというものは。

そのうち母と一緒にパン生地をこねるようになり、発酵したあとの、驚くほど柔らかい生地にも触れた。

あの柔らかさは忘れられない。小さかった虎之介は、その気持ち良さにほとんど恍《こう》惚《こつ》となって、我を忘れた。

どこまでも指が沈んでしまいそうなのに、強い弾力がある。でも撥《は》ね返すような強さではなくて、時間をかけて柔らかくじわーっと押し返してくるのだ。その押し返す力を感じたくて、発酵した生地に指を何度も差し込んで陶然とするのをやめられず、母によく怒られた。そんなに押したらだめよ。せっかく膨らんだのに空気が抜けちゃうでしょ、と。

つぶさないように、まあるくして元気にしてあげるのよ、と母はくるくるっと手のひらで俎板《まないた》の上のパンを転がした。白い生地の表面が、あっという間になめらかになり、弾力のあるふわふわのボールのようになった。でも虎之介の小さな手では、まだ押し付けて丸くすることしかできず、そうするとなぜかパン生地は弾力をあっという間に失って、べたべたと手にくっついてくる扱いにくいものになってしまうのだった。どうしたら、母みたいに、パンを元気にしてあげられるんだろう。あの手触りが忘れられなくて、夢中でいくつも丸めた。

大人になって、女の肌に触れるようになってからも、虎之介はパン生地以上に気持ちいいものはこの世にないと思っていた。ふわふわしていて、心地よく埋もれてしまいそうになるのに、知らぬ間に強く押し返してくる力がある。

なぜ離婚しないの、という早苗の問いにうまく答えられなかったが、なぜ結婚したのかといえば、伊都子が驚くほど柔らかい女だったからだ。あんなに柔らかくて弾力のある女はいない。発酵したパン生地のような女だと、初めて抱いたときに思った。一緒にいると発酵しすぎて腐ってしまいそうになる。だから一緒には暮らせなかった。でも、週に一度、伊都子に包まれる時間がないと、虎之介は「元気な子」になれないのだった。

早苗はまた美容院に行った。

一週間前に切ったばかりなのだが、どうしてもまた変えたくなってしまったのだ。毎週のように来る早苗に、担当の美容師は熱心に、追加のトリートメントやヘッドスパなどを、さまざま薦めてくる。

それで今も、まずはスペシャルクレンジングをしてもらうところだった。真夏に備えて毛根ケアをしておくべきだと言われたのだ。「終わったら髪がふっくら根元から立ち上がって、一気に若返りますよ」と白いケープのようなものを着せながら声を掛けてくる美容師に、「それは楽しみだわ」と早苗は鏡越しに微笑んだ。

若返るなんてことに、今まで一切興味はなかった。必要以上に美容にお金をかけたこともない。

早苗はこれまで、髪を切りに行くのは半年に一度程度だった。気づくと一年近く経ってしまっていることさえあった。長くて癖のない髪をいつも後ろで一つに結んでいて、前髪が伸びれば自分で切ればよかったから、あまり行く必要も感じなかったのだ。

でも、虎之介とつきあうようになってから、急に気になるようになった。ベッドで髪をほどいたときに、虎之介に「結ばないと雰囲気ぜんぜん違うんだね」と髪を撫でられたのがきっかけだった。

背中まで伸びていた髪を、まずは肩につく程度に切ってみた。前から見るとたいして変化もなかったが、虎之介は「このくらいの方が似合うね」とベッドに寝そべりながら言った。そして早苗の耳の上あたりを長い指でそっとかきあげ、「柔らかいな」と言いながら生え際にキスをした。

それで、次はさらに顎の下あたりで切りそろえてみたのだった。すると、「かっこいいじゃん。パルプ・フィクションのユマ・サーマンみたいで」と虎之介は言った。パルプなんとかのなんとかいう人のことはまるで知らなかったが、「女優だよ。ちょっと似てるなあって思ってたんだよ、最初会った時」と言われて早苗は嬉しくなり、パソコンで検索してユマ・サーマンの写真を見た。目がくっきりと大きくて意志の強そうな口元の、きれいな人だった。顎がとがっているところは、少し自分に似ているような気もした。

線路を渡った南口商店街のビルの二階にある、このビューティーサロンに、早苗は最近通うようになっている。

もう、今までのように、さくら通りの古くさい理容室に行く気にはなれなかった。何とかして手触りをもっと良くして、虎之介にまた撫でてもらいたい。それで、百合子がカットのたびにトリートメントをしてもらっているという、この「LILA」を紹介してもらったのだ。

「カラーリングはしない方がいいと思うんですけどね。だってせっかくこうして毎週トリートメントしていただいて、やっと傷みも目立たなくなってきたところだし」と、美容師はケアを終えたばかりの髪に触れながら言った。

「少しだけ明るくしたいの」早苗は鏡越しに希望を述べた。「栗《くり》色にできないかな。ほんとは金髪にしてみたいんだけど、それは禁止だから、ちょっとだけ」

「雪下さんの髪は柔らかくて細いから、カラーリングすると傷みやすいですよ。でも、もしやるなら、早めにすぐスペシャルトリートメントして、しばらくまめにケアに通っていただければいいと思います」と美容師は早苗の髪を指でさらさらと撫でた。

虎之介の指の感触を、思い出してしまう。

「メープルシロップみたいな香りがする」と虎之介はこないだ抱き合ったあとで、早苗の髪に鼻を寄せながら、言った。

「シャンプーのせいかなあ」

高いものに変えたばかりだった。髪をもっと腰のある手触りにしたくて、雑誌に載っていたものをネットで買ったのだ。それまで早苗がスーパーで買っていたものの、五倍の値段がした。そんな高価なものを自分が迷わず買ってしまったこと、そして浮き浮きしながらそれが来るのを待っていたことを思い出して、早苗は美容師がよそ見している隙に、思わず笑みを漏らしてしまう。

どうかしてるわ。

早苗は髪に染料を塗られている最中の、自分の奇妙な姿が映った鏡を見つめた。

この一ヶ月で、美容師に薦められた十万もする美顔器のみならず、髪が傷まないという三万五千円もするヘアドライヤーや、毛先を巻くためのヘアアイロン（これも三万五千円）まで購入した。パートの二ヶ月分の給料を、一回の美容院で使い果たして、初めて貯金に手をつけてしまった。明らかにどうかしている。でも、自分で稼いだお金なんだから、いくらでも好きに使ったっていいはずだ。

ネットで買った高価なシャンプーは、香りもうっとりするほど上品だった。

ゆうべ会った時、「この匂い好きだよ」と虎之介は首筋に鼻をくっつけ、そのまま唇もつけてきた。早苗は息ができなくなるほどの幸福を感じた。

「髪の色も、メープルシロップみたいな茶色にしたらいいのに」と虎之介は首の後ろの生え際に沿ってキスをした。「そしたらもっとユマ・サーマンみたいになるよ、きっと」

虎之介の吐く湿った息を首の後ろに感じながら、早苗は目を閉じ、「そうするわ」と言った。そうする。なんでもあなたの言う通りにする。虎之介の言葉のいちいちが、甘い蜂蜜のように、早苗の内側に深く染みこんでいくようだった。虎之介の体の動きの一つ一つが、早苗の体に強く作用して、あり得ないほどのけぞらせたり、声を出させたりした。こんなことが自分の身に起きるなんて信じられない。早苗はますます、今だけに集中し、体の感覚に没入した。

虎之介のくちびるが、胸から首に向かってのぼってくる。

早苗は快感に溺れるために声をあげた。

首筋から、くちびるが離れる。

やめないで、と早苗は思う。一瞬も止まりたくなかった。

「柔らかいね」という虎之介の声が、目を閉じたままの早苗の耳に響いた。髪を梳《す》くようにしながら、虎之介の指が頭皮を撫でる。早苗はぞっとするほどの快感を覚えて、耐えきれずに声を漏らしそうになった。

その瞬間、「伊都子よりずっと髪は柔らかいな」という虎之介の声が聞こえた。

突然冷水を浴びせられたような衝撃を感じて、目を開いてしまった。が、咄嗟に何も聞かなかったふりをした。心が拒絶したのだ。そして何もなかったように、虎之介の指の動きにもう一度うっとりと目を閉じ、気持ち良さそうにため息を漏らした。虎之介の手が胸に触れ始めると、早苗の漏らす声はだんだん激しくなった。虎之介は覆いかぶさるようにして、キスをした。

早苗はもっと声を出した。

家に帰って一人になると、早苗は自分の心のなかに何か棘《とげ》のようなものが刺さっている感じがするのに気づいた。でも、その棘が何なのか、考えないようにした。虎之介と過ごした時間を思い出しながら、いつものようにぼうっと幸福に浸るのに、集中したかったのだ。

休日の昼間のほとんどの時間を、早苗はソファに寝そべって窓の外を眺めながら、虎之介が自分に触れたときのことを繰り返し反芻《はんすう》しては恍惚となり、言ったことを思い返してはうっとりすることに使った。そして、「そうだ、また美容院に行かなくちゃ」と思ったのだった。

思い通りのメープルシロップ色に仕上がった髪を、「ＬＩＬＡ」の鏡に映して満足する。心を時おりかすかに刺していた棘のようなものは、もうすっかり消えてなくなっているように思えた。

早速今夜、虎之介に見せに行こう。

ふんわりとカールしてもらって、ますます外国の女優っぽくなったような気がする。

これを見て虎之介が何と言うか考えると、心は躍った。


「どうしたのその恰好」

着替えたばかりの早苗の姿を見て、百合子はロッカーの前で思わず大きな声を上げてしまった。

目の覚めるような真っ赤なワンピース。半袖部分が透ける生地で、Aラインのスカート部分がプリーツになっている。

早苗が黒以外を着ているのを、百合子は初めて見た。明るい色は好きじゃない、と言っていたはずだ。何度すすめても、白さえ着ようとしなかったのに。そもそも、身なりをほとんど気にしない人だった。

百合子は目の前の早苗を上から下までまじまじと見つめてしまう。どんどん髪が短くなっていって、先週はついに茶髪になってしまったのも心配だったが、この服。顔だけは今まで同様ノーメイクなのが、派手な恰好に全く合っていない。

やばい、という言葉が出そうになったのをすぐに飲み込んで、「今日、なんかあるの」と尋ねる。

「何もないよ」と言いながら何か浮き浮きした気配が伝わってくる。

「それ自分で買ったの」

「もちろん」

「どこで」

「デパートで」

「どこの」

「新宿」

「一人で行ったの」

早苗は笑いながら、「当たり前じゃない。どうしてそんな質問攻めにするの。私が服を買うの、そんなに変かなあ」とくるりと回って見せた。スカートがふわりと綺麗に広がった。

「素敵でしょう？　赤が似合うって最近言われたから」

誰に、と百合子は聞きそうになって、なんとか飲み込み、「うん、すごい素敵」とつぶやいた。相当高い物であろうことは、瞬時にわかった。

百合子は手に提げたバッグを探りながら「ね、赤いリップを塗ったら？　きっと似合うわよ」と仕舞ったばかりのメイクポーチを取り出そうとした。

5
万里絵

週末のブランチメニューの反応は、ひとまず上々だった。

万里絵はパソコンで気合いを入れてチラシを作り、墨田さんの紹介してくれた便利屋にこのあたり一帯に配ってもらった。早苗さんたちの働くスーパーでは入口脇の掲示板に貼ってもらい、杉山さんも野菜と一緒に袋にチラシを入れて協力してくれた。三上さんは、自分の店で渡すのはもちろんのこと、頼んでもいないのに定休日に駅で一緒に配ってくれた。

今のところ、一番人気があるのはバターミルクパンケーキだ。

これは万里絵が会社員時代から週末の楽しみとしていつも作り、実際にブランチに食べていたものをアレンジした。あっという間に口コミで人気が出て、ブランチメニューを始めて二週目で、十一時の開店前から並ぶ人が現われた。それを見たとき、万里絵は嬉しくて泣きそうになった。初めて、この店を作ってよかったと思った。なんとかここでもう少し、やっていけるのかもしれない。

「マリエ風バターミルクパンケーキ」には、生地に溶かしバターと牛乳だけでなく、プレーンヨーグルトを入れている。そうするとベーキングソーダの癖が和らぎ、ふんわり風味よく仕上がるのだ。

厚手の鉄製のフライパンに、クリーム色のとろっとした生地をお玉に一杯すくって流し込み、丸く広げて慎重に火加減を見ながら焼く。ふつふつと表面に小さな穴が開いてきたら、ひっくり返す。きれいなきつね色にするのが一番大事だ。家で焼くよりずっと満足できる味にしなければ、リピーターは増えない。これ以上赤字が出れば、もうこの店をやっていけなくなってしまう。万里絵は必死だった。ベストの状態でひっくり返すタイミングを、タイマーを使って秒の単位まで何度も測り、試作を繰り返した。

パンケーキには、「肉の墨田」の定番商品の粗挽《あらび》きソーセージと目玉焼きを添えるか、蜂蜜と二種類のジャムにホイップクリームを添えるか、選べるようにしてある。いずれにもレタスとプチトマトのミニサラダがつく。

溶かしたバターの香ばしさと、ミルクの優しい風味が口に広がる、もちもちの食感。試食した百合子さんが「これはヒット間違いなしね」と絶賛してくれた。そして「割引券をチラシに付けるといいわよ」とアドバイスもくれた。「半額だと必ず行くわよ、私たちみたいな主婦は。それで一度食べたら絶対また食べたくなるわよ、これは」と百合子さんは蜂蜜をパンケーキの表面にたっぷり塗り、嬉しそうに口に入れた。

あと二つくらいメニューを増やしたいな、と万里絵は開店前にすべてのテーブルを丁寧に拭きながら、考えていた。ブランチを頼む女性客の多くが紅茶を飲んでくれるのも、嬉しいことだった。

茶葉の販売も、また始めようかな。仕入れているフランス製の紅茶の缶はとても美しいデザインで、中身によって色が違う。ちょっと高いけど、また並べたら買う人もいるかもしれないし。そのうちもっと忙しくなったら、週末だけでもバイトを雇ったりして。

この店を作る前にそうだったように、万里絵はやりたいことがいくつも浮かんできて、久しぶりに明るい気分になっていた。

七月に入ってから、仕事中に着る白いシャツを、半袖に替えた。シャツの上から黒いベストを着込み、黒いパンツのウエストに白いロングエプロンをきゅっと締めているのは変わらない。パリのカフェのギャルソンを真似《まね》て大抵この恰好をしているのだが、ベストのおかげで胸の大きさが目立たない上、汚れも防止できて便利だった。きりっとして見えるのも気に入っている。万里絵は、店ではできるだけ女らしい恰好をしないように、気をつけていた。

午後三時過ぎに三上さんが入ってきたとき、厨房で包丁を使っている最中だった万里絵は、連れの顔まで確認しなかった。またメーカーの営業さんを連れてきたのだろうと思ったのだ。

いつものようにカウンターに座らず、奥のテーブル席に向かったのは少し変に思ったが、それよりも「このカンパーニュでブランチ用にタルティーヌを作ったらどうかな」と考えながら切るのに集中していて、「ちょっとお待ち下さいね」と下を向いたまま声を張り上げた万里絵に「はい」と答えた三上さんの声がちょっと硬かったのにも、全く気づかなかった。

「お待たせしました」と水をにこやかにテーブルに置き、メニューを三上さんに渡して「お決まりになりましたらお呼び下さい」と去ろうとしたとき、三上さんの向かいにいる男が「よう」と声を上げた。

「久しぶりだね」と言うその男の顔を、万里絵は長い間じっと見ていたような気がする。

信じられなくて、というか信じたくなくて、男の顔に視線を当てたまま、しばらく呆然と立ち尽くしていた。

「お久しぶりです」とやっと万里絵が口を開くまで、男も万里絵の顔をじっと見つめていた。

矢崎だった。

ずいぶん痩せて、白髪も増え、一気に年をとったように見えたが、間違いなくそれは矢崎だった。

四年もの間、万里絵がつきあった男。人生で一番長くつきあい、深く愛したと思っていた男。なぜここにいるのか。万里絵は混乱して、すぐには次の言葉が出なかった。

「万里絵さん、大丈夫ですか」と三上さんが心配そうな声を出した。そして「さっき、駅でチラシを配っていたら、道を聞かれて」と言った。「会社にいたときの上司の方だって聞いて、お連れした方がいいと思って」

「ありがとうございます」と万里絵は笑おうとした。

「そうなんです、上司で。お世話になって。でも、会社辞めて時間が経っちゃって、あれだったから、何だか、ちょっとびっくりして……。ほんとに、ご無沙汰してます」と矢崎に向かって頭を下げた。

「元気そうだね」

生成《きな》りの麻のジャケットに水色のシャツ、という組み合わせは、以前と同様におしゃれだったが、いずれもよれよれでアイロンを当てられた様子はなく、なんだか薄汚れて見えた。顔の皺もたった二年でずいぶん多くなった気がする。笑顔の口元から覗く歯が、煙草《タバコ》の脂《やに》に染まって茶色かった。

こんな男と、本当に自分はつきあっていたのだろうか。

社内で盗み見るたびに、なんて素敵でセンスのいい人だろうと思い、話をすればその知性にひかれていた。好きでたまらなくて、どうしても離れられなくて、別れるときはとても苦しかった。

でも、今はもう、古いタオルのようにくたびれた、どこにでもいそうな初老の男にしか見えない。

「探したよ」と矢崎がぽつりと言った。

「すみません」

なぜ自分が謝るのだろう。探してくれなんて頼んでないし。探してほしくなんか、なかった。

「ご注文は何にしますか」

ぶっきらぼうに聞こえないように努力した。早く帰ってほしかった。

「紅茶の店なんだよね。ああ、ほんとだ、紅茶だけで種類がこんなにたくさんあるんだ。勉強したんだね」と矢崎は隅々までじっくりと吟味するようにメニューを捲りながら、目を細めた。

「三上さんは、いつもの珈琲でいいですよね」

万里絵はいらいらしてきて、少しせかすように言った。

「はい」と三上さんは小さな声で答えた。ぎこちない空気と、万里絵がたぶんこわばった顔をしているせいで、まるで自分が悪いことをしてしまったかのように小さくなっている。

急に、三上さんがとても愛《いと》おしく思えた。

矢崎が注文したアッサムティーの入ったポットと、ボーンチャイナの無地のカップ&ソーサーをテーブルに並べ、砂時計を示して「これが落ち切ったら飲み頃ですので」と型通りに言うと、矢崎は子どもの成長を見守る親のように満足そうな表情で、「本格的だなあ」と言った。

万里絵は黙ったまま、続けて三上さんの珈琲をテーブルに置いた。

「あなたの珈琲もおいしそうですなあ」と矢崎が三上さんに親しげに話しかけるのを見て、頭に血がのぼった。もう二度と、この店に足を踏み入れてほしくない。

「そうだ、三上さん」とお盆を胸に抱える。

「この間のお誘いですけど」

「はい」

三上さんは矢崎にオリジナルブレンド珈琲の説明をしようとしていた笑顔のままで、万里絵を見上げた。

「このあいだお話されていた、ムーミンカフェ」

「はい」

「やっぱり行きます」

「えっ」

「楽しみだわ。忙しくてなかなかデートできなかったけど、これからは毎週、どこかに連れてって下さいね」

目を泳がせながら「はいっ」を繰り返すだけの三上さんに向かって、万里絵はかつて矢崎に向かってしていたように、いかにも愛しげに、輝くような顔で微笑みかけて見せた。

矢崎を追い払うためだったのだから、と万里絵は後から考えた。だから仕方がなかったのだ。

実際、矢崎はあのとき三上と万里絵を見比べるようにして、その後はもう話しかけてこなかった。帰りがけに「また来るよ」と言ったが、元気がなくなったようにも見えたし、これでもう来ないだろうと思うと、万里絵はほっとした。

だからあれでよかったんだ。三上さんには申し訳ないけど、形だけつきあって、お茶飲んだらすぐに帰ってくればいいや。

万里絵が三上さんの誘いをOKしたことは、これまでに一度しかない。

しかもそれは、さくら通り商店会の希望者が参加する「都心の商店街視察ツアー」という、デートとはとても言えないものだった。それでも三上さんはとても嬉しそうに、万里絵が興味を持ちそうな喫茶店や紅茶専門店ばかりをピックアップして、手作りの冊子まで作ってきてくれた（そのせいで他の業種の参加者たちからは文句が出て、商店会の視察ツアーは、三上さんの企画では二度と行われなくなってしまったのだが）。

個人的なデートの誘いには一度も応じたことはなかったのに、このあいだ久しぶりに三上さんに「珍しいサンドイッチを食べに行きませんか」と誘われたときには、つい「いいですね」と微笑んでしまった。ブランチの反応がよくて機嫌がよかったし、真剣な顔で一生懸命にムーミンカフェのサンドイッチがいかにブランチメニューの参考になるか説明する三上さんを見ていたら、「なんだかかわいいな」と思ってしまったせいだった。

でも、すぐに後悔した。油断して、つい昔の悪い癖が出てしまった。

それで慌てて「でもまた今度にします、ごめんなさい」と万里絵はその場で断って、三上さんはすっかりしょげてその日は帰っていったのだった。

万里絵は男の誘いに、あからさまに嫌な顔ができない。

たぶん「女の子はいつも愛想良くしていないとだめよ」と母に繰り返し言われて育ったせいで、人に嫌な顔をしたり断ったりすることが苦手なのだ。だから、何事もはっきり断るのはとても努力が要った。それなのに、なぜ男ってものは断っても断っても、ゾンビのように何度も蘇っては、誘ってくるのだろう。一度断れば、気がないことがわかるはずなのに。

社会人になるまでは、愛想の良さや常に笑顔でいられることは長所だと思っていた。

でも、そのせいでたぶん矢崎と深みにはまったのだし、何年勤めても面倒な仕事ばかり万里絵に回って来た。要領のいい子たちは、残業も「デートなんで」と平気で断って帰ってしまうし、上司の頼みだろうと、やりたくない仕事には露骨に嫌な顔をしていた。でも、万里絵にはどうしてもそれができなかった。若い女性社員を「女の子」と呼ぶような古い体質の会社だったし、誰がやっても同じであるような仕事なら、私じゃなくてもいいよね、と思ってしまうことも多かった。それでも万里絵は、困り果てた顔の先輩や同僚を前にしてしまうと、つい「わかりました」と笑顔で引き受けてしまうのだった。そして泣きながら深夜まで一人でエクセル入力するはめになったり、一日中立ったまま手間のかかるコピー取りを続けたりした。

でも、矢崎と別れてこの店を持ってから、万里絵は少し変わった。

もう嫌なことを絶対に我慢したくない。私じゃなくてもいいのだ。誰も私のことなんか本当には必要としていない。言われた通りに間違いなく文書を作っても、ミスなく複雑なコピー取りをしても、そんなことは誰にだってできる。頼りにしてるとか君しかできないとか言われて、安い給料分以上に働かされていた自分はバカだった。矢崎だって、愛してるとか万里絵しかいないとかなんとか、耳触りのいいことをその場しのぎに言っていただけ。

きらきらした美しい宝石のように思えた恋は、終わってみれば腐った汚泥のようなものになり果てていた。

どいつもこいつも、最低の、最悪。万里絵は、人が良くにこにこ笑いながら、何かに蓋をして生きてきた自分に、一番腹が立っていた。

店を出して初めてのさくら通り商店会の忘年会で、泥酔した八百屋の杉山さんに
「一回でいいからお願い」「ね、一度だけチューさせて」と耳元でささやきながらしつこく絡まれたとき、万里絵は生まれて初めて他人に向かって、心底嫌な顔をして見せた。それでも、酔っている杉山さんは全く気づかないようだった。あからさまなセクハラをされているのに、商店会会長の墨田さんに助けを求めようと視線を送っても、まるで目を合わせてくれなかった。それどころか、金物屋の嶋本さんまで声を張り上げて、「万里絵ちゃんとデュエットしたいから、そろそろカラオケスナックに移動しようよ」と言い出し、おお、いいな俺もしたい、行こう行こう、とあちこちからおじさんたちの声が上がった。

万里絵は怒りが限界になって、しつこくすり寄ってくる杉山さんを強く押しやると同時に「もう止めて下さい」と大きな声を出した。怖かった。ちょっと声が震えてしまった。でも、もう我慢したくない。さらに必死で声を張り上げ、「いい加減にして下さい。私のこと何だと思ってるんですか」と言った。

「そんなきりきりしないでよぉ。可愛《かわい》い顔が台無しだよ。せっかくみんなで親睦して

るんじゃないかぁ」と杉山さんがへらへら言い、みんながどっと笑ったので、ついに万里絵はキレて立ち上がった。

「じゃあ行きましょう。デュエットしましょう。どうせあちこち触りながら歌うんでしょ。楽しい親睦だもんね。動画も撮ろうよ。明日からうちのテレビでそれ流すから。せっかくだから店の前に置くわ。杉山さんの奥さんも嶋本さんの娘さんたちもよく通るし、あんたらのとこの常連の女性のお客さんも、きっとすごく喜んで見て下さるでしょ！　楽しい親睦、早く行こうよ！」

酔いが一気に醒《さ》めたらしく、男たちは水をかけられたように静かになった。仕方なさそうに、「じゃあ帰りますか」とかぼそぼそ言い合って、その場はお開きになったが、万里絵は最悪の気分だった。初めてはっきり言いたいことを言ったけれど、全く爽快じゃなかった。向こうがいけないはずなのに、なぜか自分が悪いことをしたような、恥ずかしいことをしたかのような気分になった。

たぶんこうなるのが嫌で、黙ってやり過ごしたり、適当に笑顔でごまかしたりしてきたんだ。けど、どうせ嫌な気分になるんだったら、言わずにいるより言った方がマシかもしれない。

なんのために今まで、いろいろ我慢し続けてきたんだろう。子煩悩で、いつも野菜のことしか興味ないみたいな、真面目な八百屋さんだと思っていた杉山さんも、大人しそうにいつも金物屋の奥に座っている嶋本さんも、みんなどうせ若い女のことを、言いなりになる人形としか見ていないんだ。冗談じゃないよ。こんな扱いをされながら生きていくなんて、もう絶対に嫌だ。

あの時の最悪な気分を思い出しながら、三上さんもそうなんだろうか、と万里絵は考えた。お父さんの検査入院の付き添いで欠席だった三上さんがもしいたら、おじさんたちはあんなにひどい状態にはならなかった気もするけど。

でも、わかんないな。

セクハラはしないとしても、別の意味で油断は禁物だ。あいつらに比べれば、三上さんはいつも礼儀正しい。お酒を飲んだ勢いで口説くようなこともないし、墨田さんみたいな冗談にかこつけたセクハラ発言も、絶対にしない（墨田さんはよく「愛人タイプだよなあ、万里絵ちゃんは」と言う）。人がいない時にごくたまに、控えめな態度で誘ってくるだけだ。

三上さんは大学院で生物学をおさめたのち、酒造メーカーの研究所にずっと勤めていたらしい。気弱そうに見えるから、リーダー向きではないけれど、商店会の話し合いがおかしな方向に行きそうな時には、必ず静かな口調で理路整然とした修正案を出してくる。

だから三上さんにはかなり好感を持っていたのだったが、だからといって、デートをしたいとは全く思えなかった。

一度でもOKすると、どんな男でも蟻《あり》みたいにいつの間にかどんどん家の奥深くまで侵入してくる。

気をつけなくては、と万里絵は思った。

三上さんはいい人だし、好きになってもいいと思うこともあるけれど、でも、それと「好きだ」と思うこととは、地球と冥王星くらいの隔たりがあった。

6
早苗

南口商店街にあるエステサロンのベッドに、早苗は紙製のパンツだけを身につけ、うつ伏せになっていた。LILAで紹介された、系列店だ。オイルマッサージが一通り終わったところで、柔らかくて肌触りのよいブランケットにくるまれてうとうとしていた。オレンジの花の香りが部屋中に漂っている。

薦められたオプションの美白マッサージが始まって、少しだけ目が覚める。ひんやりしたクリームが、柔らかい指でくるくると背中にのばされていく。

ぼんやりした意識のなかで、「そういえばもしかして、この近くじゃないかな」と思った。伊都子のスナックのことだ。この裏の路地には確か、小さな飲み屋街がある。どうしても場所を突き止めたい、というわけではなかった。ただ何となく、早苗は帰りがけに、自転車であたりを流してみた。

梅雨明けした途端に暑さが本格化したところで、ゆっくりペダルを踏んでいるだけで、じんわり汗が滲《にじ》んできた。何やってんだろう私、せっかく全身綺麗にしてもらったところなのに。

早く帰ろう、と引き返そうとしたとたん、道端に出された小さな黒い看板の、「ルビー」と書かれた赤い文字が視界に入って、早苗は思いがけず、激しく動揺した。

本当に、あった。

看板はまだ灯《とも》されておらず、開店前の通りには誰もいなかった。早苗はさもその先に用事があるかのように、さりげなく路地を通り抜けた。動悸《どうき》がしていた。

虎之介の妻は、やはり実在するのだ。

早苗は角をいくつか曲がって元来た道に戻り、「ルビー」のドアの前を、もう一度通り抜けた。やっぱり、ある。早苗は自転車でステージ上をぐるぐる回るサーカスの熊みたいに、同じ道を行ったり来たりした。あの店で働く女の夫と、自分がつきあっているという現実を、受け入れる訓練をしているような気がした。

どんな人なんだろう。墨田さんがすっかり気に入ってここに通いつめているらしいから、かなり綺麗な人なんだろうな。五十代だろうって墨田さんは言ってたけど。奥さんといい私といい、虎之介は年上が好きなのだろうか。

一目、見てみたい気がした。そう思うと、さらにどきどきした。

でも、関係ないはずだわ。虎之介と自分は、二人だけの特別な恋をしているんだから。

そう考えると落ち着いてきて、「ルビー」の前を通っても平常心でいられるようになってきた。もう帰ろう。帰って、着替えて、早く虎之介の部屋に行かなくちゃ。そのために全身つやつやにしてもらったんだし。こないだ似合うって褒められたワンピースを、また着て行こう。

綺麗なルビー色だね。そう虎之介に言われたことを思い出し、早苗は突然気がついた。ルビーって、妻の店名じゃないか。

褒められて、調子に乗って何着も買った、鮮やかな赤い服。早苗はあれらを、もう二度と着られないような気がした。

自転車のペダルを強く踏み込んだ。早く帰らなくては。なんでこんな所うろうろしてるんだろう。早く帰って、忘れよう。見なかったことにするんだ。

早苗が急いで路地を通り抜けようとしたとき、「ルビー」のドアの前に買い物袋を置き、鍵を差し込んでいる女の姿が目に入った。茶髪のロングヘアを一つに結び、赤いジャージの背には、大きな薔薇《ばら》がプリントされている。

慌てて傍らを通り過ぎる間際、すっぴんの女の横顔がこちらを一瞬向いたような気がして、早苗は心臓がばくばくと打つのを感じた。眉を剃《そ》り落とした薄い目鼻立ちに、唇だけは肉感的なのが、生々しく目に焼き付いた。全身から、汗がじっとり噴き出してくる。

虎之介は、あんな人が好きなのだろうか。まるで田舎のヤンキーみたいだ。ちっとも綺麗じゃなかった。あれだったら、私の方がずっと若いし、ずっと上品なんじゃないだろうか。

早苗は動揺したまま自転車を漕ぎつづけ、どこをどう通ったかわからないまま、家に戻った。

早苗はこれまで、男は夫しか知らなかった。

三歳上の夫とは、大学一年のときに、友だちに誘われて仕方なく行った合コンで出会った。相手の話に耳を傾けるのがうまい人で、その夜早苗は珍しくたくさんしゃべった。他の男女が自分をアピールしたり大声で笑ったりするのに忙しい中で、早苗と夫だけが、片隅でトーマス・マンについてひっそりしゃべっていた。二人とも第二外国語がドイツ語で、翻訳小説を読むのが好きだという共通点があった。

大学を出てまもなく、結婚を申し込まれた。断る理由はなかった。燃えあがるような恋ではなかったが、つきあっていた三年の間に、穏やかな愛情が育っていた。なんでも一流ブランド好みの早苗の両親は、夫が有名大学出身でないことに最初は難色を示したが、すぐに折れた。自己顕示欲の強い父の話を夫が熱心に聞き、気に入られたのだ。

結婚して四年経った頃、郊外に中古の一軒家を買った。庭のシンボルツリーとなっているミズキを、リビングの窓から眺めるのが、夫はとても好きだった。秋になって黒い小さな実がなると、鳥たちがたくさん集まってきて啄《ついば》んでいるのが見えた。夫はあの木によく似ている、と早苗は思っていた。口はあまりうまくはなかったけれど、周囲に自然と人が集まってくるようなところがあった。穏やかで、いい人だった。

夫との暮らしに不満は何もなかった。幸福だったと言っていい。

でも、あれは恋じゃなかった、と早苗は今思っている。

横たわるベッドの上の天窓から、仄《ほの》かに光が射《さ》しているのが見えた。

虎之介が隣で寝息を立てている。

今週はもう三日連続で会っていた。つきあい始めた頃は、週に一度で満足だったのに、次第に一度が二度になり、三度になり、最近では毎日会いたいのを我慢するのが大変になっていた。

虎之介から「会いたい」と言われることはなかった。でも、会いに行けば拒絶されることはなかったし、会えば必ず早苗の体に触れてきた。早苗は虎之介に触れられると、愛されているような気がするのだった。

こんな風に、めまいがするほどの陶酔に包まれることも、口がきけないほどの快感に襲われることも、今までに体験したことはなかった。

これは何なのだろうか。こんなことが自分の人生に起きるなんて信じられない。早苗は虎之介の隣に横たわったまま、また目を閉じた。

そのとき、一階のドアチャイムが立て続けに鳴らされた。

「こんな時間に、誰？」

「いたずらだよ。よくあるんだ。酔っ払いが通りすがりに鳴らしたりする」と寝ぼけたような声で虎之介が答える間にも、チャイムは何度か鳴った。

「ほんとにいたずらかなあ」と早苗が頭をもたげると、外から何か動物の鳴き声らしきものが聞こえた。

虎之介が急にぴくりと身を起こして、しーっ、と口に指を当てた。

犬がしきりに吠えている。

「ちょっと、見てくる」

虎之介は床に脱ぎ捨ててあったTシャツを頭からかぶり、スウェットのズボンを拾って、一階へと降りて行った。

早苗もベッド脇に落ちていた下着を慌てて拾い、シャツとスカートを身につけていると、一階の方から言い争うような声が聞こえてきて、あっという間に階段を上がる足音がばたばたと近づいてきた。

「やめろよ」という虎之介の、聞いたこともないほど大きな声がしたと思ったら、急にドアが開き、真っ赤なワンピースに茶髪の女が立っていた。

くっきりしたアーチ形の眉に、ぐるりとアイラインをひいた大きな目。赤い口紅が艶めいている。昼間とは別人のようにばっちりメイクした、伊都子だった。

早苗は動くことができなかった。虎之介の部屋は細長い1LDKで、ドアを開けるとベッドとテーブルのある居室までが見通せる。早苗はベッド脇で、棒立ちのまま伊都子と向かい合った。

すぐ後ろから虎之介が上がってきて、「何してんだよ」と伊都子を後ろからふんわりと抱くように羽交い締めにした。

それは、早苗を守るためだったのかもしれなかったが、早苗の目にはそう見えなかった。

長身の虎之介の腕の中で、小柄ながら肉感的な伊都子の体が、際立ってなまめかしく見えた。ワンピースの半袖から突き出たむっちりした腕は、肌が白く滑らかそうだ。豊かな胸は、虎之介の腕の間ではちきれんばかりに揺れている。

伊都子は狭い玄関に立って虎之介に羽交い締めにされたまま、早苗をじっと見つめながら、「今日来たの、あんた?」と言った。

「何言ってんだよ」虎之介が後ろから声を出した。

「だから来たのよ。また誰か、私を見に」

伊都子は品定めするように、黙って立っている早苗をじろじろと眺めた。

そして「ふーん、今度はこういう感じか」とつぶやいた。

「あんたでしょ、今日うちの店を見に来たの」と射抜くように見られて、早苗は無言で頷いた。

「こういうさびしそうな女に弱いんだよねえあんたは。まあ、あたしも昔はそうだったのかもしんないけど」と伊都子は虎之介を見上げて笑った。

そしてまた早苗を見据えながら、虎之介とつきあいたいなら好きにしていいけど、と言った。

「でも、この子はあたしのものだから、それは覚えといて」

「人は、所有物じゃないと思うんですけど」

早苗が少し震える声でそう言い返すと、伊都子はあははは、と声をたてて笑った。

「それでも、この子は、あたしのものなの」にっと真っ赤な口紅をひいた唇を横に引いて微笑んだ。微笑みながら、目だけは鋭く早苗を見つめている。

「結婚してるからですか」

「違うわよ。この子はあたしの付属品みたいなものなの。切り離されると、生きていけないのよ。それをわかって、つきあった方がいいよって言ってるの」

生きていけないって、一体どうなるというのだろう。生きていけないのは、虎之介なのか、伊都子なのか。そもそもそれなら一体どうして離れて住んでいるんだろう。早苗が黙りこむと、伊都子は睨《にら》みつけていた目元を柔らかくして、あっという間に別人のように、愛想のいい笑顔になった。そして、くるりと虎之介の方を振り返った。

「大丈夫みたいね、この人はまだちゃんと話を理解しようとしているみたいだし」

ごめんね、邪魔して。無粋なことしたわ。でも、もうあたしのとこには来ない方がいいよ、と伊都子は早苗に告げて、階段を降りて行った。虎之介が後を追う。

外で犬の吠える声がまた聞こえてきた。早苗が驚きとショックでぼんやり立ち尽くしている間中、それは聞こえていた。

しばらくして戻ってきた虎之介に「ごめん。もう大丈夫だから」と早苗は抱きしめられたが、うっとりすることはもうできなかった。

しばらく早苗は、ブーランジェリー・ラパンに顔を出さなかった。

ひたすら仕事に集中するように努め、毎日驚くほどの客数をさばいた。百合子には、「どうしたの最近。目つきがこわいよ」と不安そうに言われた。お客さんのカゴから猛スピードで商品を取り出してはレジを通し、別のカゴに再び丁寧に収め、息をつく間もないほどの速度と集中力で、早苗は一日中働いた。

「この子はあたしのものだから」

伊都子の声が、頭から離れなかった。その姿も繰り返し蘇ってきた。虎之介の腕の中で、身を捩《よじ》るようにしていた伊都子の、深く刳《えぐ》れたワンピースの胸元から覗く白い肌が、鮮明に脳裏に浮かんだ。その胸が、しっとりと吸いつくように虎之介の手に押し付けられるさまが見えるような気がしてきて、早苗は仕事中に首をぶるっと振って、その想像を慌てて払いのけた。

何度払いのけても、伊都子を忘れることはできなかった。初めて恋による嫉妬という感情を知った早苗は、それをどうすればいいのかわからずに苦しんだ。

百合子に誘われても、虎之介が配達に来る可能性のある万里絵の店には行かないようにし、ラパンの前を通らないように、遠回りになっても裏道を通って毎日出勤し、何とか心を虎之介と伊都子から離そうと、早苗はできる限りの努力をした。

それでも結局、早苗は虎之介から離れることではなく、再び接近することで、その苦しみから解放されることを選んだ。

閉店間際にまたしても乗り込み、早苗は問い詰めた。

「また誰か私を見に来た」ってこないだ奥さんが言ってたけど、と早苗は虎之介を睨んだ。

「『また』ってどういうこと？　私はあの日だけしか行ってないのよ。妻がいるのはいいとして（なぜいいとして、と言ってしまったのか、早苗は後で悔やんだ）、私以外にも恋人がいるなんて、それは耐えられない」

他にも誰かいるんだったら私も別れるから、と早苗は最後に声を震わせた。ほとんど泣きそうな顔の早苗に向かって、虎之介は「いないと思うけど……」といつもながら覇気のない声で答えた。

「『思う』って何なの？　自分のことでしょう？」

「……いませんけど……」

「じゃあこないだ、なんで奥さんは『また』って言ったの？」

「ああ」と虎之介は、やっと理解したような声を出した。

「それは、前の女のことだよ」

虎之介は、ストーカー化した女から逃げて、ここに来たのだ、と説明した。

お客さんだったんだけど、一度寝たら、部屋に棲《す》みついちゃってさ。伊都子に別れるように迫ったりしてさ。ついに伊都子が怒り狂って、その人を追い出したんだ。でも何度も戻ってきちゃって、大変だった。それで伊都子は、またああいうタイプの人が来たんじゃないかって、心配したんだろうね。

珍しく滑らかな虎之介の説明を聞きながら、早苗はやっぱり不思議に思った。そんなことなら、虎之介と一緒に暮らせばいいのに。ちゃんとそばにいて、守ってあげないから、きっとそういう変な女が寄ってくることになるのだ。

「もう上に行こうか」

虎之介は優しい声を出して、早苗の肩に腕を回した。

「誤解がとけて良かったよ。伊都子も早苗のこと気に入ったみたいだったし、仲良くやってくれるといいな」

伊都子は開店の準備をするために、いつもより少し遅い、正午過ぎに一階に降りた。昨夜は虎之介が泊りに来たから、疲れてなかなか起き上がれなかったのだ。

虎之介に女ができると、伊都子にはすぐわかってしまう。ことさら長く伊都子を抱くようになるからだ。しつこく肌に触れたがり、何度も伊都子をいかせてすっかりぐにゃぐにゃにしようとする。そして最後は伊都子の腕に包まれて眠ってしまう。ぐっすり眠りこむ虎之介の顔を見ながら、伊都子は「かわいそうに」と思った。すごく疲れているのがわかった。

まだだるい体を無理やり動かして、買っておいたつやつやの茄子《なす》を何本も切り、グリルで焼く準備を始める。よく冷やした焼き茄子に生姜《しょうが》を添えてお通しにして、あとはトマトと小海老《こえび》のガーリックマリネを作っておこうかなあ、頂き物の高いオリーブオイル、まだあったよね、小海老をちょっと昆布締《こぶじ》めにしてから、岩塩を添えるようにしよう。

暑いから喉越しのいいものがいいよね、と伊都子は冷蔵庫を開けながらつぶやく。火曜日だし、そんなにお客さんは多くないだろう。かすかに頭痛がする。

虎之介と伊都子が出会ったのは、今から十年ほど前のことだった。

元々虎之介は、その頃伊都子がやっていた店のバイトの女の子とつきあっていたのだが、その子と別れてからも、しょっちゅう飲みにやってきた。そして、棲みついてしまった。

つきあい始めて数年は、虎之介と一緒に暮らした。その頃のことを、伊都子は時々思い出す。あれは大変だったな。休みの日は、食事と排泄《はいせつ》以外はずっとベッドで過ごした。

虎之介にうっかり関わると、大変なことになるのだ。

今「ルビー」には、バイトの女の子が二人来ている。二人とも、虎之介が過去につきあった子たちだった。虎之介をうっかり好きになってつきあい、まもなく結婚していることを知って、怒り狂って店にやってくる女の子を、伊都子はことごとく大事にした。

みんなかわいそうに。虎之介も、女の子たちも、自分も。

今の女とは、どれくらい続くのだろう。

若い女なら良かったのに、と伊都子は思った。若い子なら、ここで雇ってあげることもできるし、やり直す方法が簡単に見つかる。だが、年がいってるのは厄介だ。特に、一途《いちず》で純粋で、恋愛経験の少ない年上の女は、一番かわいそうなめにあうことを、伊都子は経験上よく知っていた。

7 万里絵

ムーミンカフェは満席だった。

テーブルの向かい側から、三上さんはメニューを万里絵に向けて開き、まるで店員のように手のひらで写真を示しながら、「おすすめはこのサンドイッチです。これを食べられる店は、今、都内ではここだけです」と説明してくれている。

広い店内は、親子連れや若い女の子たちでいっぱいだった。壁には白樺《しらかば》の木々が描かれており、全てのテーブルには、ムーミンをはじめとするキャラクターの大きなぬいぐるみが一体ずつ配置されている。若いカップルのデートにはお似合いの店だが、万里絵は自分たちが周囲の客層から完全に浮いているような気がして、少し落ち着かなかった。三上さんはまるで気にならないようで、「このソーダもおすすめですね。ハーブを煮詰めたシロップを使っています。爽やかで、今の季節にはぴったりだと思います」とメニューの説明を続けている。次第に万里絵は、営業マンのプレゼンを聞いているような気分になってきた。

他人の店のメニューの一つ一つについて、こんなに詳しいなんて、どういうことだろう。元研究者だから調べ物は得意って言ってたけど、もしかして、わざわざ下見に来たのかもしれない。三上さんが一人で、ムーミンのクッキーが添えられたパフェだの、ニョロニョロの描かれたカフェラテだのを前に、メモしながら味わっている姿を思い描く。

万里絵は一通り三上さんの説明が終わるのを待ってから、おすすめ通りに注文した。右隣のテーブルでは、四歳くらいの男の子がムーミンママのぬいぐるみにオレンジジュースを飲ませようとストローを当てている。左のテーブルでは、大学生くらいの女子二人組が、パフェをいろんな方向からスマホで写していた。みんな嬉しそうだ。三上さんも、たぶん万里絵とデートしていることが嬉しくてしょうがないせいで、常に笑みをたたえている。

今朝、三上さんは遠足に行く前の子どものような顔で、店に万里絵を迎えに来た。なぜか三つ揃いの濃紺のスーツをびしっと着込んでいるその姿に、Tシャツにジーンズで行こうとしていた万里絵は、一瞬ぎょっとした。「ムーミンカフェって、ラフな恰好では、駄目なんでしょうか」と万里絵が聞くと、「大丈夫です、万里絵さんはどんな服装でも、きれいです」というずれた答えが返ってきて、なんだか万里絵は出かけるのが少し面倒くさくなった。

「北欧って万里絵さんに似合う気がして」と三上さんはスナフキンの顔の描かれた抹茶ラテを一口飲んでから、言った。

「あ、もちろんフランスが一番似合いますけど、北欧の雰囲気も合いますよね」

「行ったことあるんですか」

「はいっ」

三上さんは待っていたかのように、足元に置いたかばんから、分厚いファイルを取り出した。何かにつけてこうして調べて、すぐにファイリングする人なのだ。

最初の頁《ページ》を開くと、チャート表みたいなものが現われた。

「北欧で人気の料理の中で、日本にもアレンジして取り入れられているメニューを調べてみました。都内で出している店がこちらで、全国ではこのくらいあります。中でも有名店はこちら」と次の頁を開き、またエクセルで作ったらしい表が現われ、さらに都内有名カフェで出されている人気メニューの一覧が続いていた。

「すごい」と思わず万里絵が言うと、三上さんはますます嬉しそうな表情になった。

いつの間にかスーツの上着を脱いで、ワイシャツの袖をまくっている。小太りの三上さんの、肉付きがいい腕や手を見ているうちに、「気持ちよさそうだなあ」と万里絵は思った。弾力があって柔らかそうだし、肌も滑らかに見える。手の触り心地は大事だ。もしつきあうことになれば、接触がとても多い場所なのだから。

ファイルをめくっている三上さんの手を見つめながら、触ったらどんな感じだろうか、と想像してみる。見た目通り気持ちが良くて、ついうっとりしちゃったりして。そこから、三上さんを好きになれたりしないかな。

試しに手を繋いでみたい気もするが、そんなタイミングが三上さんとの間に生まれる気がしなかった。三上さんは真っ直《ま す》ぐすぎる。だからこっちも、隙を見せられない。

まあ、隙だらけの男も問題だけどな、と万里絵はエルダーフラワーのソーダをストローで吸った。

「こっちは、コペンハーゲンの料理の写真です。家族で行きました」とファイルを開いて一枚ずつ丁寧に説明している三上さんの声をぼんやり聞きながら、万里絵は矢崎と初めて手を繋いだ日のことを思い出していた。

雨が降っていた。

初めて一人で任された海外出張から成田に戻ると、疲労がどっと押し寄せて来た。飛行機の小窓から雨にけぶる空港ターミナルビルを見つめながら、万里絵は涙ぐんだ。

タイから輸入する予定だったシルク製スカーフやポーチ等の小物の、値段交渉は全て済んでいたから、万里絵は予定していた商品の上がりをチェックして、注文ロット数と納期を相談すればいいだけのはずだった。それが、ことごとく見本とは色も縫製も異なる商品が上がってきて、交渉は難航した。現地のタイ人通訳に向かって、万里絵が何度「縫製が良くない、すぐほつれそうだ、これでは日本では売れない」と繰り返しても、頓珍漢な返答しか得られなかった。仕方なく万里絵は直接話をしようとしたのだが、お互い不自由な英語のせいで時間ばかりかかり、一つも問題を解決できなかった。一旦帰国して再度出直しということになり、無駄足を踏んだ悔しさでいっぱいのまま、万里絵は帰途に就くことになった。

まだ一人では無理だったんだ、と思うと涙が浮かんできて、悔しいのと疲れているのとで、止まらなくなってしまった。空港から会社に電話して矢崎に「いま戻りました」と言ったときも、つい涙声になった。矢崎は「とりあえず社に戻りなさい」と言った。いいから。俺の責任だから。何も泣くことはないんだよ。

矢崎はあの頃、飛ぶ鳥を落とす勢いだった。主にドイツやオランダから、ぼってりした質感で味わいのある、しかし田舎風でもある陶器を中心に、テーブルウエアや雑貨を輸入していた小さな会社を、アジアで安く作らせた良質なインテリア雑貨から家具や衣料品まで手広く扱って、取引先も拡大したことで急激に成長させたのは彼だったし、次の社長になるんじゃないかという噂もあった。

切れ者で優秀だけど、ものすごくこわい。ミスをしでかそうものなら、怒鳴られて馬鹿よばわりされる。部下の男性社員たちはひどく矢崎を恐れ、且つあこがれていた。

それが、万里絵が入社してから、少しずつ矢崎は様子がおかしくなった。

万里絵に一目惚れし、その気持ちが昂《こう》じてどうにもならなくなった、らしい。毎日のように退社後に待ち伏せされ、懇願され、プレゼント攻撃され、家に押しかけられ、メールはしょっちゅう。困り果てた万里絵が会社の人事に言いつけると言ったら、道端で泣いた。離婚してから来て下さい、と言うと、たぶん勝手に自分で書いたのだろうが奥さんの署名もある離婚届に判を押して、持ってきた。そして感極まって泣きながら自分でびりびりに破いた。万里絵がいないと僕は生きていけない、と繰り返し懇願されて、仕方なく食事だけなら、一杯だけなら、とだんだん相手をするようになっていったのだ。

万里絵をタイに行かせたのも、完全に矢崎のごり押しだった。だんだん社内でも噂になってきていた。でも、あの日までは、万里絵は全く相手にしていなかったのだ。事実無根だから噂だって気にならなかった。むしろ、それならこっちが利用してやる、と思っていた。そんなことでもないと、高卒の若い女性社員が一人で出張に行かせてもらえるチャンスは、なかったのだ。

それで張り切って行った出張だったのに。

成田から会社に戻ったのはもう夜の九時過ぎで、万里絵のいた第二営業部のフロアには、矢崎以外誰も残っていなかった。「ただいま戻りました」と暗い顔でデスクの前に立った万里絵を待っていたかのように矢崎は立ち上がって上着をとり、「ちょっと出よう」と言った。

外に出ると、矢崎は傘を開こうとする万里絵を遮ってスーツケースを右手で引き取り、左手で万里絵の手を摑んだ。そして会社のビルの前に停まっていたタクシーにまっすぐ向かっていった。小雨がしっとりと髪や肩を濡らした。疲れ切っていた万里絵には、矢崎の勢いに逆らう元気は残っていなかった。それに、手をとられた瞬間、万里絵はうかつにも安心してしまったのだった。温かい人の手に触れたのは久しぶりのような気がした。気を張って一人で立たせていた体が急に傾斜していくような感じになり、少しだけ誰かに自分の重みを預けて休みたくなった。

今思えば、矢崎はすべて計画していたのだろう。万里絵が涙声で成田から電話してきたときに、ついにチャンス到来とばかりにホテルをとり、タクシーを呼んだのだ。スムーズに水が流れ落ちるように、タクシーに乗ったとたんに矢崎が告げた一流ホテルの名前。その中のレストランにでも行くのかと思っていたら、すでに鍵を持っていた矢崎が当たり前のように部屋の前まで万里絵の手をしっかり放さずに連れて行き、部屋に食事を用意させたから、食べてゆっくり休みなさい、と言って中へ促した。

弱った女の隙を狙うなんて卑怯《ひきょう》な男め。つい思い出したくないことまで蘇ってきてしまい、万里絵は歯ぎしりした。全部矢崎のせいにしたかったが、うかうか力を抜いてしまった自分が情けなくて、悔し泣きしたくなる。でも、あのときの矢崎の手は本当に温かかった。たしかにあの夜、万里絵は矢崎の手によって何年振りかで心身の力を抜き、知らない間にたまっていた疲れがとれたような気がしたのだった。

「あの、不味《まず》いですか？」

おそるおそる顔を覗き込んでいる三上さんに気づいて、万里絵は我に返った。

「ごめんなさい、えっと、何でしたっけ。ちょっとぼんやりしちゃった」と微笑んでみせると、三上さんは「どうですか、この黒パンのサンドイッチ。まだここでしか食べられないらしいんですよ」と一切れ手に取りながら、育ちの良さがにじみ出るような笑顔になった。

「美味《おい》しいです」といつの間にか手に持って無意識に食べていたサンドイッチをまたひとくち食べ、にっこり笑ってみせると、三上さんは本当に嬉しそうな顔になった。この人なら、卑怯な真似なんて絶対しないだろう。

でも、こんなに行儀が良くて、崩れたところのない、子どもみたいに純朴な人と、一体いつ、どのように、色っぽい展開になれるのだろうか。こっちから手を繋いだりしたら、またプロポーズまで一直線につながってしまいそうで、こわくてできないし。

「三上さんは、彼女っていたことありますか」

もしや童貞ってことはないだろうな、と考えるに及んで、万里絵はついそう口に出してしまった。三上さんの目が一瞬見開かれ、何か言おうとしてサンドイッチを必死で飲み込んでいる。そのとき、テーブルの上に置かれていた三上さんの青い携帯が、震えだした。

「はい。はい。あ、はい。こんにちは」と携帯を耳にあてながら三上さんが立ち上がり、慌てて店の外に出て行くのを見送りながら、間が悪い人だなあ、と思う。デート中に電話に出るなんて。

しかし、三上さんがいなくなって、万里絵は少しほっとした。全身全霊で自分に集中してくるので、常になんだか圧迫感があるのだ。もうちょっと力を抜いてくれないと、隙ってものが生まれないよなあ、と思いながら一息ついて目の前の黒いサンドイッチを改めて噛《か》みしめると、驚きの味わいだった。パンの甘みと酸味に、挟んだクリームチーズとサーモンの塩味が口のなかでまざりあって、絶妙のハーモニーだ。ふうむ。これ、たしかに女性客にいいかもしれないな。このもっちりした食感の、お菓子みたいな甘い風味の黒パン、虎之介にも食べてみてもらおう。もし似たようなのがあの人に作れそうだったら、このサンドイッチの真似ができるかもしれない。

三上さんが戻ってきて「失礼しました」とつぶやきながら硬い表情で席に着いた。

「このパン、隣のベーカリーにあったら、買っていこうと思うんですけど」と万里絵が話しかけると「あ、はい」と顔を上げた。

「もしラパンで似たようなのが作れたら、ブランチメニューの試作品に北欧風サンドも入れてみようかと思って」としゃべり続ける万里絵に向かって、三上さんが小さな声で何か言った。

「え？　真似したらだめかなあ。少しならいいですよね。ヒントぐらいもらって、あとはアレンジして」と万里絵が熱心にしゃべるのをさえぎって、三上さんは「矢崎さんでした」と言った。

「え？」

「今の電話。矢崎さんからでした。万里絵さんの上司だった、矢崎さん」

「え、なんで？」

「このあいだ、電話番号聞かれたんです。で、これから来るそうです」

「来るってどこに」

「ここに」

万里絵は驚きと怒りで、しばし呆然とした。何なんだろうこの男は。なぜ電話番号なんかうっかり教えてしまうんだ。しかも、なぜ出るのだ。せっかくのデート中なのに。こんなスーツ着ちゃって、このあと夕食も一緒にするつもりだったのではないのか。その場合はもちろん丁重にお断りするつもりではあったが、矢崎と会うくらいなら、この人と食事に行く方がずっとましだ。

「いけなかったでしょうか」と三上さんは元気のない声になった。「すごく大事な用事があるっておっしゃって。何度も、今日はこれから予定があるからってお断りしたんですけど、どうしても今日じゃないとだめだって強く言われて」と次第に消え入りそうになっていく声を聞きながら、そうだった、矢崎ってこういう攻撃がやたら得意なんだった、と万里絵は思い出して、再び歯ぎしりしたくなった。

どんな無理難題でも、強引に押し切ってしまうのが得意な男だった。やたら強気で、相手を上げたり落としたりしながら、粘り腰で攻めていく。相手の気力が尽きて了承するまでとことん引かずにじりじり攻め寄って行くその話法によって、矢崎はどんな国のどんな海千山千の相手との取引でも、必ずわずかに自分に有利な条件で商談をまとめてしまうのだった。

三上さんなんて、矢崎にしてみれば赤子の手を捻《ひね》るより簡単な相手だろうと思うと、責めることはできなかった。それより、あいつが来る前に早くここを出なくちゃ、と万里絵は慌てて席を立った。

だが、もう遅かった。

立ちあがった視線の先に、店のドアを開けて入ってくる矢崎が見えた。

生成りのジャケットにパンツ。オレンジ色のネクタイに、綺麗な水色のシャツを着ている。俺のラッキーカラーだ、と大事な取引の日に必ず着ていた色だ。自信満々の笑みを浮かべている。笑いながら、立ち尽くしている万里絵に向かって、「よお」と言うように手を上げた。

やられた。

すべて計画済みだったのだ。ムーミンカフェで今日われわれがデートすると知ったときから。電話したらすぐに店に入ってくることも、すべて決めていたに違いない。

万里絵は、ぐっとおなかに力をこめた。

不愉快だが、動じることはない。もう、昔の私とは違うのだ。

「やあ」

にこやかに近づいてきた矢崎は、ムーミンが座っている向かいの席、つまり空いていた万里絵の隣に座ろうとした。

「すまないね、邪魔して」と言っているが全く悪びれた様子はない。

「何の用でしょうか。もう帰るところなんですけど」と万里絵が冷たい声で言いながら、立ったまま伝票を摑むと、「そうこわい声出さないでくれよ。ちょっと座らない？」と椅子を引いた。

「いえ、もう帰らないと。ね、三上さん」

「あ、はい」

「これから用事があるんです」

「何の用？」

「あなたに関係ありません」

「僕は君に用があって来たんだけど」

「私にはあなたにもう用はありません」

「そう言うなよ」

矢崎が馴《な》れ馴《な》れしく肩に手をかけてきた。

「触らないでよ」と万里絵が振り払うのと、三上さんが矢崎の手を掴むのが、ほぼ同時だった。

「万里絵さんが嫌がることはしないでくれませんか」

三上さんはふっくらしたマシュマロみたいな右腕で、がっしりと矢崎の右手を掴んで睨みつけた。

「誤解だよ。嫌がることなんか、するつもりはないんだよ」矢崎は三上さんに向かって降伏のサインであるかのように左手を上げながら言った。「大事な用があって来たんだ。これ」と内ポケットにある紙を取り出して、「渡そうと思って」と差し出すのを、三上さんが左手で受け取った。折りたたまれたその紙を渡されて、万里絵は仕方なく開いた。

婚姻届だった。矢崎の名前が書かれ、判が押してある。

「何なのこれ」

「ようやく離婚したんだ」

万里絵は黙っている。

「で、ちょっと遅くなったけど、君がずっと欲しがっていたそれ、やっと持ってきたんだ」

万里絵はその紙にじっと目を落とした。

「離婚してから、探偵を雇って君を探したんだ。こないだそれを渡そうと持ってきたんだけど、この人とつきあってるみたいだったから、渡せなくて」

矢崎は三上さんの方をちらっと見ながらさらに続けた。

「でも、つきあってるわけじゃないんだろう？　単に向かいの店の人ってだけなんだろう？　八百屋さんに聞いても、肉屋さんに聞いても、みんなそう言ってたから」

「つきあってないから何だって言うのよ」

万里絵は俯いたまま、低い声を出した。

「誰ともつきあってなかったら、あなたとほいほい結婚するとでも思ったの？　冗談じゃないよ」

矢崎のジャケットの内側に婚姻届をぐしゃっと突っ込みながら、万里絵はその目を見据えて言った。

「私には好きな人がいるのよ。誰も知らないけど、すごく好きな人がいるの。あなたのことなんか、もう何とも思ってないわ」

勝手に口をついて出た言葉だったが、「好きな人がいる」と言った瞬間、心拍数が一気に上昇するのを、万里絵は感じた。

8
早苗

「私、仕事辞めようかなあ」

早苗は緑色のエプロンから腕を抜きながら、ロッカーを開けた。スニーカーを出して、店内用の黒い健康サンダルを脱ぐ。

「え、なんで」

隣のロッカーの前にしゃがんでいた百合子が、驚いて顔を上げた。店内用の透明のビニールバッグから、床に置いた自分のかばんに私物を入れ替えていた手を、止めている。

「何言ってんの。あとちょっとで勤続七年の報奨金もらえるのに」

「そんなの、どうせちょっぴりだし」

「なんなの、急にどうしたのよう」

百合子は立ち上がりながらロッカーをお尻で押して勢いよく閉め、ブラウスの首元のボタンを外している早苗の顔を覗き込んだ。

「辞めてどうするの」

「別の仕事しようかなあって思って」

「なんで急に。そんなこと初めて聞いたよ。レジの仕事気に入ってたはずじゃないの」

「うん。レジが嫌になったわけじゃないんだけど」早苗はかがんで、履き替えたスニーカーの紐を結び始めた。

百合子はロッカー前のベンチに腰掛け、軽く化粧直しをしようとポーチを開けている。

「何の仕事するつもりなの」

「パン屋さんの、店番とか」

百合子が急に立ち上がった。リップのキャップが落ちて、転がる。

「それ、本気？」と早苗をじっと睨むように見つめる。

「どうしたの百合子さん、顔こわいよ」

「それだけはやめた方がいい」

「どうして」

「どうしても」と早苗の腕を摑む。

「痛いよ百合子さん」

「ちょっと、話そう。マリエに寄っていこうよ」


愛されている気がしない。

早苗は伊都子との対面をきっかけに、次第に夢から覚めたようになった。よく考えたら、私ばっかり、会いたいとか好きとか愛してるとか、言っているような気がする。虎之介からは、そんな言葉は全然聞いたことがなかった。キスされたり体を求められたりすれば、愛が確認できた気がするのだが、一人になるとすぐに、疑いが芽生え始める。

離れてるからいけないんだ。早くまた会わなくちゃ。

だが、ゆうべ何度呼び鈴を鳴らしても虎之介は出てこず、二階の部屋の窓は、遅くなっても暗いままだった。

奥さんのところにいるのだろうか。

今朝も仕事に行く前にラパンに寄って、呼び鈴をしつこく鳴らしてみたが、反応はなく、気配も感じられなかった。普段だったら、仕込みのためにとっくに奥で働いている時間だ。

早苗は途方に暮れた。何かあったのかな。不安がますます募る。ここで待っていれば、開店時刻までにはきっと帰ってくるだろう。でも、パートを急に休むわけにはいかないし、たとえ休めたとしても、ここで長いあいだ立ち尽くしているわけにもいかない。すっかり周辺には知れ渡っていたのだが、一応世を忍んで恋をしているつもりの早苗は、誰に見られても大丈夫なように「すぐ連絡して」とだけ書いた無記名のメモをドアに挟んで、スーパーに出勤したのだった。

仕事中、早苗はこっそりレジ台の脇の電卓の下に携帯を隠して、自分だけに見えるようにしておいた。お金をレジに入れるたびに、横目で携帯にメールが来ていないか確かめては、落胆する。そんなことをしているのが見つかったら大変なことになるし、ミスでもあったらまずいので、早苗はいつにも増して集中してレジを打ち、品物を丁寧かつ素早くカゴからカゴへ移し、客に頭を下げ、熱心に体を動かした。しかし、頭は四六時中、虎之介のことだけでいっぱいだった。

もうとっくに、ラパンの開店時間は過ぎている。トイレ休憩のふりをしてさっき店の電話にもかけてみたが、どれだけ待っても誰も出なかった。ゆうべから まだ戻ってきていない可能性が高い。

どこにいるんだろう。

昨夜はどこに泊まったのか。奥さんのところには、ルビーの定休日前にしか、泊まらないはずだけど。

もしかして、他にも女ができたんじゃないだろうな。

早苗は反応の悪いレジの精算ボタンを苛立《いらだ》たしく連打した。つい三日前は、熱烈に抱きしめて、いつもみたいに髪に指をからませながら、生え際に優しくキスしてくれたのに。

だけど、急に気が変わってしまうってこともあるかもしれない。私みたいな客が昨日現われて、そいつの家に配達に行ったまま戻らないとか。虎之介ならあり得る。だって、前にも客と恋愛沙汰があったらしいし、これからだっていくらでも。

早苗は頭を激しく振った。

「大丈夫ですか」

不審そうな表情の客が、食料を満載したスーパーの黄色いカゴを前に立っている。

「すみません」慌てて牛乳をカゴから取り出して、バーコードを読み取る。

やばい。余計なことを考えたら駄目だ、と思うも、手がルーティーンの動きを繰り返して次々に客をさばく一方で、早苗の頭のなかは、またジェットコースター並みに猛スピードで激しくアップダウンを繰り返し始めてしまう。

やっぱり、いつも一緒にいたい。夫と暮らしていたときにはこんな悩みは全くなかったわけだし、だから虎之介とだって、一緒に暮らせばいいんだ。そうすればこんな心配する必要もないだろうし、愛されているかどうかなんて、気にならなくなるはずだ。

そう思うに至った早苗の脳裏に、いつだったか虎之介が「そのうち店番のバイトを雇いたいなあ」とつぶやいていたことが、蘇ってきたのだった。

「好きになったら負けなんだからね」と百合子は断言した。

マリエの一番奥のテーブル席に、向かい合って座っている。

テーブルからはおいしそうな香りが立ち上っていた。早苗の前にはカンパーニュにグリルした舞茸《まいたけ》と鶏肉《とりにく》を載せたタルティーヌが、百合子の前にはパンプディングの皿が、置かれている。中央の大きなポットには、赤いティーコゼーが被《かぶ》せられていた。

「負け?」

「そう。ひとまわり近く年下の、結婚してる男なんて、あなたにはデメリットしかないのよ」

「デメリット……」

「だから、充分楽しむ以外につきあう道はないの。で、楽しんだらさっさと捨てるのよ」

「捨てる！」

早苗はいちいち百合子の言葉にびっくりしながら、鸚鵡《おうむ》のように繰り返した。

「仕事辞めるなんて、とんでもないわよ。自分の生活を相手に合わせて変えては、絶対にだめ」

強い口調で言い放ち、百合子は紅茶をがぶりと飲んだ。

「どうしてだめなの？　だって、できるだけ一緒にいたいのよ。それには店番をするのが、一番いいと思ったのよ」

百合子が別人のようにきつい調子なのに気圧《けお》されて、早苗は恐る恐るそう言った。

「追ったら逃げるものなの。だから男は押したらだめ。引くの。こっち側にもっと引っ張らなくちゃ」と百合子はスプーンを持った右手をぐっと自分の身に引き寄せるようにした。

「そんなこと、考えたこともなかった。引くって、いったいどうしたらいいの」

うっすら涙目になって、早苗は俯いた。

百合子がため息をつく。

「よりによって、あんなへんてこりんな男に引っかかるなんてね」

「へんてこりん？」早苗が顔を上げる。

「最初のうちは、しょうがないかなって思ってたのよ。長い喪中みたいに過ごしてきたあなたのこの九年を知ってるからさ、恋に浮かれて舞い上がってるくらいの方が、まだいいかと思って。でもねえ」

百合子はパンプディングをまた掬《すく》った。早苗はタルティーヌに手をつけずに、口を引き結んでいる。

「仕事辞めるなんて、いくらなんでも行き過ぎよ。すっかり自分を見失ってるじゃない」

「そうかな」

「あなたには幸せになってほしいのよ。だからなんとか早めにうまく終わらせてほしいと思ってるんだけどなあ」とスプーンを舐め、またため息をついた。

「終わらせる？」

百合子は残りのプディングをスプーンでかき集めながら「だって、ずっとつきあってくわけにはいかないでしょ。あの人には奥さんがいるんだし、遅かれ早かれ終わる以外にないよ」と口に運んだ。

「なんで終わらせなくちゃいけないの。私いますごく幸せだよ。奥さんにはつきあってもいいって言われたし」

百合子は呆《あき》れたように顔を上げた。

「今は盛り上がってるかもしれないけど、気持ちなんてそのうち醒めるよ」

「そんなことない。あの人に会ってから、わたし本当に生きてるって感じがするの。醒めるわけがないよ」

「わかってないな」百合子から笑顔が完全に消えた。「あなたじゃなくて、このままだと向こうが醒めるって言ってるの。そしたら、あなたは捨てられるのよ」

早苗は黙り込んだ。一口囓《かじ》っただけのタルティーヌは、すっかり固くなってしまっている。

「そろそろ目を覚ましてよ。私、あなたが傷つくのなんて見たくない」

いつもにこやかで明るい百合子が、眉間に皺を寄せて険しい表情になっている。

「お願いだから冷静になってよく考えて。レジやめてあのパン屋でバイトなんかしたら、別れるときに仕事まで失うことになるんだよ」

早苗はしばらく黙り込んでから、「わかった」と答えた。「とりあえず仕事は辞めない。でも、彼とは別れないから」

「うーん」

百合子はますます眉間に皺を寄せてしばらく黙ったのち、「こうなったら、略奪愛ってやつしかないかもね」と声を潜めた。

「略奪」と早苗はつぶやく。

「そう」百合子はなぜか目をきらきらさせている。

「ルビーのママから奪って、自分のものにするの」


今日のお通しは何にしよう。

いつものようにそうつぶやくと、伊都子は冷蔵庫の中を点検した。墨田さんがゆうべ持ってきてくれた砂肝で、ガーリック炒《いた》めを作ろうかな。

最近、墨田さんは開店と同時に来る。そして途中何度か出入りしては、閉店ぎりぎりまで居座る。

伊都子は、自分の魅力がどこにあるか、よく知っていた。

美人ではないし、太っている。でも、肌はつきたての餅のような色と質感だ。たいていの男は、伊都子の肌に引き寄せられる。そして、存分に堪能すると、去っていく。できるだけ、引き寄せている間に、お金を落とさせること。それが伊都子の仕事だった。

クラブホステスだった若い頃には、ずいぶん稼いだ。結婚も二度したが、いずれも五年ほどで若い女に乗り換えられた。遊ぶ金がある男は、出世するにしたがって、若く美しい妻に取り換えていくものだということを知った。貧乏な男ならばずっとそばにいてくれるかも、と数人ヒモのような男とつきあってみたが、いずれも結局は、もっと金のある女に乗り換えるのだった。

年上の女が好きな男は甘えん坊のコドモだったたし、自分より年上の男はたいてい説教が好きだった。暴力男には幸い縁がなかったが、ギャンブル好きには何度かひっかかった。

虎之介に会うまで、伊都子はずっとさびしかった。誰も自分の愛にこたえてくれない、と思ってさびしかった。でも、虎之介に会って、伊都子は愛なんかどうでもよくなってしまった。

まだ二十二歳の虎之介と、もう四十四歳だった伊都子。もう男はいいや、とスナックを開き、自分の食い扶持《ぶち》だけ細々と稼いで生きていこうと思った矢先のことだった。

寝てみたら体の相性が良くて、良すぎて、愛なんかどうでもよくなった。愛なんかなくてもこの体があれば、この男は私のもとから離れていかない。それは何度も男に逃げられてきた伊都子には、一番大事なことだった。

虎之介をくるみこんで眠るとき、伊都子は幸福を感じた。たとえ今夜別の女を抱いた後だとしても、別の女に愛していると囁《ささや》いていたとしても、そんなことはどうでもいいような気がした。そんなものは、いつか必ず終わるのだ。

愛なんかどうでもいい。

にんにくを大量に刻んで、砂肝を炒める。岩塩をフライパンの上で削ってかける。胡椒《こしょう》も振り、火からおろす直前に、二階のベランダで育てている紫蘇《しそ》の千切りを山盛りにしてさっと和える。今日も男たちにたっぷりおいしいものを食べさせ、たっぷり飲ませて、お金をたんと落としていってもらわなくちゃ。

そんなの無理だ、と早苗は話を聞きながら思っていた。

だが、「大丈夫よ、任せて」と百合子は自信満々に断言した。そして、実は今の夫を自分は略奪したのだ、と声を潜めた。

「結婚はしてなかったけど、婚約同然の彼女がいたのよね。そんな人に三十四で出会っちゃって、もう後がなかったのよ。だからこうなったら奪うしかないなって思って」

カップにお湯を足しながら、「お互い一目惚れだったの。病院の受付してたとき、向こうが患者で来たのよ。こう見えて昔は痩せてたからさ。ちょっとは可愛かったわけ。弱ってるときに優しくされて、ふらっと来ちゃったんだろうね」と百合子は、ふふ、と笑いながら続けた。「最初の段階で、勝負に出たの。彼女と別れないなら二度と会わないって宣言して、実際、半年くらい会わなかった。電話だけは出たけどね。しんどかったなあ。でも、鉄の意志でやり遂げたの。二股かけられて捨てられてたまるもんかと思ってさ」

「すごい」

「それに、何となく自信もあったのよね。私を選ぶはずだって、手応えがあった」

「選ばれなかったらどうしようって思わなかったの」

「そう思った時点で負けじゃない？　だから考えなかった」

早苗は「すごい」と繰り返すしかなかった。

自分にはやはり、できそうにない。伊都子と別れるまで会わないなんて絶対に無理だし、そもそも別れてほしいとも思っていない。

「別れてほしくないの？　なんで？」

「だって、私と関係ないもん」

「何言ってんの」

百合子は呆れたように、持ち上げかけたカップをソーサーに戻した。

「あなたと寝た次の日に、妻と寝てるかもしれないのよ。私だったらそんなの絶対いや」

「だって、別に三人で会うわけじゃないし。彼と会ってても別に伊都子さんのことなんか頭に浮かばないよ」

と言いかけて、かすかに、棘が刺さっているような痛みが、胸にうずくのを早苗は感じた。

会っていないときに、愛されていないような気がするのは、もしかして、伊都子の存在のせいなのだろうか。

「わかるけど」と百合子はカップを持ち上げた。

「しんどい現実に直面しないように、ごまかしてるんだよね。夫もそうだったな。君とあいつは比べられないとか関係ないとかほざいていたもんよ。冗談じゃない、関係あるに決まってんでしょ。あなた、妻のいる男とつきあってるのよ。常識的に考えたら、許されないことなのよ。それにね」とひとくち飲んでから、

「あなたが見ないようにしてる虎之介って男の真実、もっと教えてあげましょうか」

と百合子は早苗を見つめた。黙ったままの早苗にぐっと顔を近づけると、カウンターの方に聞こえないように囁く。

「あの男と万里絵ちゃん、怪しいわよ。閉店後にあの二人、しょっちゅう会ってる。あいつ、万里絵ちゃんにも粉かけてるんじゃないかな」

「え、そうなの」

早苗はすっかり冷めた紅茶に、やっと手を伸ばして飲もうとしたが、なぜか指が震えてうまく持ち上げられなかった。

「やだ、どうしたんだろ」

笑おうとして、引きつった顔になってしまう。

突然、愛されていないことが確定したような気がした。根拠のなかった不安が、万里絵に奪われるかもしれない明らかな恐怖に変わった。伊都子はともかくとして、万里絵にとられるなんて、絶対に耐えられない。

急に顔色を変えて口も開かなくなった早苗に、百合子は慌てて「いや、狙ってるっ

てだけだし、それも私の想像だから」と否定するように手を横に振ってから、「でもそうよねえ、あれは強敵すぎるわよねえ。可愛いし、若いし、あんなのが相手だったらさすがに略奪は無理かも」とカウンターの方をちらっと見ながら声を潜めた。

「うん……」

「だから今のうちに早く自分のものにしないと。早い者勝ちなんだからね」

「でも、どうしたら」

「そんな弱気でどうするの。あなたがそんな依存体質だったとは知らなかったな」

「依存体質?」

「うちの夫もそうだったからわかるのよ。意志が弱い依存体質だから、うっかり婚約者がいる身で私と恋におちたんだろうし、そもそもあの人、ずっとニコチン中毒だったのね。結婚する頃にはかなりのヘビースモーカーだったの。通院と、私のおかげで、やっとやめられたのよ。あなたも、たぶん同じだと思うのよね」

「何が」

「会わずにいられないんでしょう」

早苗は頷いた。

「依存症よ。吸わずにいられないの。禁断症状が出ると、すごく大変だけど、そこを乗り越えれば平気になるから」

「でも私、彼が好きなだけで、別に病気じゃないと思うんだけど」

「病気よ」百合子は言い切った。「そっくりだもの、様子も、言うことも。今さえよければそれでいいってなっちゃって、冷静な判断力がまるでなくなって、将来自分がどうなるかわからなくなるのよ。今どうしても吸いたいんだ、煙草を出せ、出さないなら買いに行くぞ、って玄関でもみ合ったりしたもんよ。それでも絶対私は負けなかったの。愛の力よ。肺がんになりやすい体質だってわかってるのに煙草を吸うなんて、自殺するようなもんでしょう」

早苗は仕方なく、こくりと頷いた。

「あなたも正直、瀬戸際よ。このままじゃ人生おかしくなる。相手に依存したらだめ。でも私の言うとおりにすれば大丈夫よ、まずは一ヶ月会わないこと。いいわね」

「どうしてそんなことしなくちゃいけないの」

「略奪したいんでしょ」

「まあ、できれば……」

「それならちょっとくらい我慢しないと。あっという間だから、大丈夫だよ。今まで会いに行っていた時間を、別のもので埋めればいいの。私がつきあってあげるから」

百合子は口だけでなく、本当につきあってくれた。シフトを合わせて、早帰りの日もフル勤務の日も、終わったらできる限り一緒にいてくれて、ヨガだのカラオケだの、いろいろ誘ってくれた。時には家にも招いてくれた。早苗は松田家の一員のように、何度も共に食卓を囲んだ。帰りはラパンの前を通らずに送ってくれて、絶対に朝まで家を出ないように、きつく約束させられた。

つらい一ヶ月だった。

ついこの間まではこんな風に、ただパート先と家の往復をするだけで何も不足はなかったのに、なぜこんなに足りない気持ちになるのだろう。円満だった世界に亀裂が入って、大きく欠けたような気がした。大事なパーツが一つ足りない。これじゃ生きていけない。

虎之介に会いたかった。せめて、顔だけでも見たかった。

「会わずにいることは効果的なのよ」と百合子には言い聞かせられた。「急にまったく顔出さなくなったら、絶対心配するだろうし、すごく気になるはず。きっとそのうち、向こうから来るから。それまでは猟師になったつもりで、じっと待つのよ」

しかし、虎之介はまるで罠《わな》に掛からなかった。

ひたすら早苗が耐えたこの一ヶ月のあいだ、虎之介はメールはもちろん、電話すらかけてこなかった。家にもスーパーにも、訪ねてこない。

いったいどう思っているんだろう。三日と空けずに来ていた恋人が急に来なくなって、不思議に思わないんだろうか。電話もメールも嫌いなことは知っているけれど、一度くらいかけてきてくれても、いいんじゃないだろうか。

早苗は百合子の言うことがだんだん信じられなくなってきた。

「そろそろ会いに行ってもいい？」

「だめだよ、何言ってるの。向こうから来るのを待つために頑張ってるんじゃない」

「でも全然来ないんだもん、もう限界だよ」

「来なければそれでいいのよ」

早苗は耳を疑った。

「なんで」

「来ないような男、こっちから願い下げだよ。これであなたを愛してないってことがはっきりしたでしょ。こっちから捨ててやりましょうよ、このまま会わずにいればいいだけだし」

「何言ってるの、私、捨てるつもりなんか全然ないよ」

「まだ目が覚めないの」百合子はため息をついた。「あの人、この一ヶ月、パン屋で私の顔見ても、あなたのこと一度も聞いてこなかったよ。しかも、あなたが来なくなったとたん、代わりみたいに万里絵ちゃんがしょっちゅうラパンに出入りしてる。これでわかったでしょ。最低だよ、あの男。このまま忘れなさいよ。ね？　もっといいひと紹介するからさ」

早苗は目の前が暗くなったような気がして、パート後の着替えの途中に、ロッカーにもたれるようにしゃがみこんでしまった。

「どうしたの早苗さん、大丈夫」と百合子が心配そうに覗き込んでくる。

もう、立ち上がる気力も体力もなかった。愛されていようとなかろうと、依存症でも構わない。

早くラパンに行きたい。一刻も早く虎之介に会いたい。自分のものにならなくてもいい。ただ会えるだけでいいのだ。

めまいがして、立ち上がれない。百合子がそばで騒いでいるのがわかったが、早苗にはもう何も聞こえなかった。

こうして、激しいリバウンドが始まった。

虎之介は、出来上がったばかりのパンを並べた平たいバットを二つ重ねて抱え上げ、工房のドアを背中で押しながら出たところだった。「おはよう」と後ろでいきなり大きな声がしたので思わず、わあっと声が出てしまった。

振り返ると、早苗が妙にきらきらした目でこっちを見ていた。

「……おはよう」

「うさぎパン、もう売り切れだよ。表に張り紙しといた」

「あ、ありがとう」

「お客さんやっと途切れたところなの。今のうちに何かすることない？」

「いつから居たの？」

「三十分くらい前かな」

「ごめん。ずっとオーブンの方見てたから、気づかなかった」

反射的に謝ってしまう。別に何も悪いことをしているわけではないのだが。

そもそも店番してくれなんて、頼んだ覚えはなかった。というか、断ったはずなのに。バイト代が払えないし、人がいると作業に集中できない気がしたし、当分誰も雇うつもりはないって、言ったのに。

しばらく姿を見ないなと思っていたら、早苗は突然こんな風に、勝手に毎日レジに立っているようになった。

「配達？」

「うん」

「どこに」

「いつも通りだよ。澤田《さわだ》屋と、マリエ」

「見てもいい？」

パンの上に掛けたキャンバス地をめくると、等間隔に並んだ、きつね色の焼きたてのパンが現われる。

「きれいね」と早苗はため息をついた。「あなたの作るパンって本当にきれいよね。おいしそうってだけじゃなくて」

「そうかな」

別に普通だと思うけど、というのは内心で思うにとどめる。あまり逆らわない方がいい気がしたから。

「ねえ、これ私が配達したらだめかな」

「え、なんで」

「その間に、あなたは次を焼く準備ができるでしょ」
「でもこれ、重いよ」と持ち上げて見せる。
早苗が持ってみようとするので仕方なく渡すと、やはりぐっと腕に重量がかかった
らしく、ふらついている。
「危ない」と取り返そうとしながら、「別に配達にはたいして時間かからないし、次
の注文とか相談もあるから、やっぱり俺が行くよ」と言うと、「じゃあさ」と早苗が
バットを掴んだまま見上げてきた。
「マリエだけ行ってきてもいい？　あそこは顔見知りだし。注文もちゃんと聞いてく
るから」
それは困る、と虎之介は思った。マリエは今サンドイッチの改良中で、そのために
提案したいことがいろいろあったし、向こうもきっと聞きたいことがあるに違いなか
った。
しかし早苗は上段のバットを素早く持ち上げ、「こっちがマリエのランチ用よね？
カンパーニュ」とにっこり笑った。
「あなたは澤田屋で、私はマリエ。同時に済ませようよ。帰ったら私また、レーズン
酵母の世話をするわね」

断れない。

発酵種の世話も、店番以外にも何かしたいと言うから一度お願いしたら、すっかりそれにとりつかれたように熱心にやるようになってしまったのだが、密《ひそ》かにあとでチェックしなくてはならなくて面倒だし、何もしてくれない方が虎之介としてはありがたかった。

必要とされたい。いつも一緒にいたい。早苗から伝わってくるのは、その二つのメッセージだった。店に現われない日には、しょっちゅう電話がくる。気づくと携帯の着信履歴には、どこまでスクロールしても「雪下早苗」ばかりが続くようになった。

出会ったときの早苗は、膨らむ力がほとんど残っていない、発酵に失敗したパン生地のようだった。固くて、伸びない。水をもっと足さなければ、と虎之介は思った。水分を足して、柔らかくしたい。そうすれば自然と力が蘇って、発酵が始まるかもしれない。

酵母液がふつふつと泡を立ち上らせるように、早苗の体に少しずつ感情が流れ始めるのを、虎之介は最初のうち嬉しく思っていた。やっと「元気な子」になってきたな。なのに、いつの間にか早苗の発酵は止まらなくなってしまった。これ以上何か足すのもこわいし、最早《もはや》引くこともできない。

いいことのような気もする。けれど、発酵と腐敗は紙一重だ。

このまま早苗のエネルギーが止まらなかったらどうなるんだろう。

発酵し続ける生地のようにどんどん膨らんだ挙げ句、あふれ出したエネルギーが、いつか自分に向かっていっせいに押し寄せてくる気がして、虎之介はつい、びくびくしてしまうのだった。

9 万里絵

このところいつ行っても、早苗さんが見張るようにラパンの店頭にいる。別れたのかと思っていたけれど、復活したようだ。

それでとりあえず、閉店後にラパンに行くのは、しばらく遠慮することにした。虎之介に試作してもらっていた黒パンがあと少しで完成するところだったのだが、仕方がない。早苗さんに誤解されるようなことは、したくなかった。

人のものに近づくと、ろくなことにならない。

会社を辞める直前、万里絵にはいろんな噂が立っていた。矢崎があからさまに万里絵を贔屓《ひいき》したせいで、二人の関係は公然の秘密のようになってしまっていたのだが、その結果、万里絵の方にだけ、妙な尾ひれがどんどん付いていったのだ。まず、社内の男性社員の誰かが離婚するたびに、万里絵が原因なのではないか、と囁かれるようになった。あの子は人のものにちょっかい出すのが趣味だとか、男に媚《こ》びを売るためにどんな仕事も引き受けるんだとか、あらぬことばかり言われて、さらには、一方的にしつこく言い寄ってきたので振った同期の男が、万里絵に誘惑されて捨てられたという嘘を言いふらした。それを誰もが信じたようだったのが、万里絵には一番ショックだった。可愛がってくれていた先輩の女性社員たちも、仕事をアシストしてきた男性社員たちも、誰も味方になってはくれなかった。

もうここでは、あんな思いはしたくない。

黒パンのサンドイッチをひとまず諦めた万里絵は、代わりに十月に向けて、ハロウィン用のデザートを作ることにした。

ペースト状の南瓜《かぼちゃ》を練り込んだパンケーキを試作してみては、分量を調整し、付け合わせを思案している。おばけやランタンの形に粉砂糖を振りかけたり、紫芋とチョコレートで飾り付けしてみたり、見た目の楽しさも狙いたくて試行錯誤していた。そんなある午後、万里絵は久しぶりにやってきた三上さんから、変な話を聞いた。

矢崎が、伊都子の店に入り浸っているらしい。

「何であの人がルビーにいるの」

「さあ。このところ配達に行くと、よく墨田さんたちと飲んでますよ」

それで、ちょっとこれはお耳に入れるかどうか迷ったんですけれども、と三上さんが言いよどんだ。

「何ですか。またなんかあの人やばいことしてるんですか。あそこ若くてかわいいバイトの子もいるんですよね」

「いや、そうじゃなくて。矢崎さん、みんなに万里絵さんの話をしてました」

「へ？ 私の話？」

「武勇伝みたいに、語ってました」

「武勇伝？」

「はい。万里絵さんをどうやって落としたかとか、結婚してたのに攻略できてすごいとかなんとか、そういう」

万里絵は青ざめた。

「聞いてる方もみんなどうかしてますよ。ヒーローみたいに持ち上げちゃって」

三上さんは詳しく話してくれたあと、もしも墨田さんや杉山さんが嫌なこと言いに来たらすぐ僕を呼んで下さい、また矢崎さんが来たら絶対追い払いますし、と意気込んでくれたが、自分で追い払うから大丈夫です、と万里絵は静かに告げた。

ひどく不愉快だった。

万里絵はその晩、閉店したカウンターでやけ酒を呷《あお》った。

本当はハロウィンメニューの仕上げをしなくてはならなかったし、酒なんか飲んでる場合ではなかったのだが、アルコールの力を借りてやがて怒りが静まると、少しずつ不安が押し寄せてきた。

もしかして、先週から急に女性客が減ったのは、三上さんからさっき聞いた矢崎の話が、お客さんたちにも広まっているせいではないのか。

中高年の主婦層をターゲットにメニューを作ってきて、少しずつその努力が実ってきたところだった。ずっと上り調子で女性の客数は増えてきていたから、突然ぱたりと来なくなるなんて、何だかおかしいとは思っていたのだ。墨田さんや杉山さんが、肉や野菜を買いにきたお客さんたちに矢崎から聞いた話を言いふらしているとしたら。あそこの店主はふしだらだとか、不倫するなんて不潔だとか、いろいろ言われて、この店だけ避けられているんじゃないのか。

万里絵はワインを一本あけることで、不安を消そうとした。

客が減ったのは、そんな噂のせいじゃなくて、秋の長雨のせいだと思いたかった。やっと紅茶を飲むのにいい季節になってきたところなのに。それに合わせてサービスクーポンだってインスタで配布してるし、ライン登録してくれた人へのサービスだっていっぱいして、頑張っているのに。

やっぱり、またここでも悪口言われちゃうのか。万里絵は悲しさと悔しさの入り交じった涙が滲んでくるのを感じて、拳で拭った。

なんでこうなってしまうのか。いつもにこにこして傷つかないように見えるのがいけないのか。万里絵さんみたいな若くて可愛い女性、ここでは目立ちますからね、とさっき三上さんは言った。若いのも可愛いのも女性なのも、自分のせいじゃない、と万里絵は言い返したかった。なぜ矢崎にはひどい噂が立たず、逆にヒーローだの武勇伝だの持ち上げられて、自分だけ悪い噂にいつまでも悩まされなくちゃならないんだろう。

こんなことに負けたくない。必死で働いて貯《た》めたお金と、父が残してくれた実家を売ったお金で、やっと構えた大事な店なんだ。これからだって時に、潰したくない。

私にはもう、この店しかないんだ。

神様、力を下さい。店が守れるなら、どんなことでもします。

万里絵は酔った目を閉じ、祈った。不安が少しずつ消えていくまで、目を固く閉じて、祈り続けた。

気づくと床の上で、仰向《あおむ》けになっていた。

呼び鈴が鳴っている。

慌てて身を起こすと、頭に鈍痛が走った。まだ酔っている。

「ちょっとお待ち下さい」とドアに向かって声を張り上げた。いつの間にかベストを脱いだらしく、丸まったままシンク下の床に落ちているのが目に入り、急いで拾って羽織る。

シンクの縁に手を掛けて、なんとか立ち上がった。

カウンター脇の壁に掛けてある小さな鏡で乱れた髪を直し、鳴り続けているベルに「はい、今行きます」と答えながらドアまでたどり着いた。

「やっぱりまだ居たんだ」

開けるなり虎之介が立っているのを見て、万里絵は酔いが一気に醒めた。

「ポストにでも入れておこうと思って持ってきたんだけど、シャッター開いてるし、窓に明かりも見えたから」

これ、と虎之介は丸い包みを掲げて見せる。

「例の黒パン、また焼いてみた」

まだ温かい包みを開くと、つやつやした山型パンが現われた。香ばしい匂いが一気に広がる。

「急に来なくなったから勝手に改良してみたんだけど、どうかな。食ってみて」

万里絵は厨房に空《から》のワインボトルや食べかけのチーズが出しっぱなしになっているのを慌てて片付けてから、パン切りナイフを出した。

「やっぱモラセス使って正解だったよ。これアレンジすればもっといいのができると思う。うまくできたらうちでも売りたいからさあ。明日の閉店後は来れる？」

しゃべりながら、虎之介はカウンターの真ん中の席に腰掛けた。

薄くスライスすると、焦げ茶色の断面から、カラメルに似た香りが強く立ち上がった。端をちぎって口に入れる。まず酸味が広がる。嚙みしめてから飲み込むと、深い甘みが残った。

なにこれ、めちゃくちゃ美味しい。もしかして、ムーミンカフェよりイケるかもしれない。

万里絵は一気に盛り上がった。落ち込んで飲んだくれてる場合じゃなかった。

このパンがあれば、生き残れるかもしれない。

冷蔵庫を開けて、クリームチーズの箱を取り出した。

「具のサーモンは、タマネギスライスとケッパー加えて軽くマリネしようかなあ」とつぶやくと、「だったら、もう少しだけ甘みを深くしてみようか」と言ってくれた。

「できる？」

「当然」とちょっと小馬鹿にしたような笑みを見せる。

「じゃあ、今からやってみてよ」

万里絵の中の何かに、火がついた。

「今？」虎之介はさすがに驚いたようだった。

「十月から、これ使って北欧サンドを出したいの。ハロウィンメニューと一緒に、ばーんとお披露目したい。初日は半額で提供すれば、すごい評判になるはずだよ。何だか自信が湧いてきちゃった。ね、お願い。今すぐラパンに戻って、今夜中に完成させようよ」

早苗さんに遠慮してる場合じゃなかった。早苗さんも必死かもしれないけど、こっちだって生きるか死ぬかなんだ。


焼き上がる頃には、夜が明け始めていた。

そのまま虎之介が怒濤の焼成作業に突入したから、うさぎパンやプチパンやメープルバゲットを焼く作業も、万里絵は手伝った。作業中に何度かチャイムが鳴ったけれど、虎之介はうるさそうに眉間に皺を寄せて、呼び鈴の電源を切ってしまった。

目の前のパンだけに集中している虎之介の指示は容赦なく、万里絵も息をつく間もなく次々に、夢中でこねたり、丸めたりした。

焼成を全て終える頃には、万里絵は全力を使い果たしてふらふらだった。だが、心の中には大きな手応えが生まれていた。思った以上だな、この人の能力は。万里絵は虎之介の横顔を見つめた。

またここに毎晩通おう。この人の技術を自分のものにするのだ。早苗さんがいたって構わない。恋愛したければ勝手にすればいい、私はそんなことに興味はない。

少しでもパン作りの技術を習得して、いつか自家製を出せるようになりたい。そうしたら、店の売り物がもう一つ増えるし、利益も格段に上がる。もう、人のことばかり気にするのはやめよう。なんですぐ遠慮ばかりしてしまうんだろう。自分に何のメリットもないのに。そういう甘さに目をつけられて、根も葉もない噂が立つのかもしれない。

どんな噂が立とうと、おいしいものを作るしかないんだ。

そのためには、この人の腕がどうしても必要。ここまで安価な原料で、これだけの味のパンを焼けるなんて、魔法としか言いようがない。この人に出会ったチャンスを摑むんだ。虎之介はきっと、私に与えられた幸運なんだ。

疲れ切って、でも充実した気分で、万里絵は虎之介と一緒に二階に上がった。それぞれの開店時間まで、仮眠をとることにしたのだ。疲れすぎて脚が上がらないほどだったが、そのことさえも喜びのように思えた。万里絵はハイになって笑いが止まらなくなりながら、虎之介に引っ張ってもらって階段を上がった。上がりきったところで、勢い余ってぶつかるように、二人は抱き合う形になった。万里絵は体を虎之介に預けて、さらに笑い続けた。

虎之介はベッドを譲ってくれようとしたが、三十分だけ休んだら帰るから、と万里絵は断った。すると虎之介は寝転んだ体をずらして、スペースを空けてくれた。二人で仰向けになると、万里絵は初めての林間学校で友だちと並んで寝たときのような気分になった。疲れすぎているせいか、または思い通りの黒パンができたことで興奮しているせいか、二人とも眠れずに、顔を向かい合わせてしゃべり続けた。

自然の流れで、軽くキスをした。

達成感に支配されていた。キス程度は当たり前のことのように思えた。

それに、このくらいなら問題ない、と万里絵は思った。これは達成記念の乾杯みたいなもので、それ以上の意味はないんだし。

しかし頭で考えたとおりには、体は制御できなかった。そのことを、軽く唇をつける程度のキスのあとで、いたずらをする子どものようにくすくす笑いながら改めて虎之介に長いキスをしたときに、万里絵は気づいた。自分からこんな風に、屈託なく、惜しげもなく、相手に受け入れられるのを信じ切ってキスをしたのは、初めてのことだった。

やばい、と思ったときにはもう遅かった。

体に火がつくと、行為は一気に激しくなった。虎之介に覆いかぶさってむさぼるようなキスをしてしまった。

ちょっと、やばいかも。

万里絵は頭では躊躇《ちゅうちょ》しながら、体を止めることができなかった。

どうしよう。

荒い息を弾ませながら、万里絵は着ていた服をすべて、自分から脱いでしまった。

虎之介と、また磁石が引き合うように、キスしてしまう。

これじゃ、まるで、ものすごく好き合ってるみたいだけど。

思わず笑ってしまう。気分がいい。万里絵は虎之介を抱きしめながら、ゆっくりとベッドに倒れ込んだ。

10
三上

酒店の入口に寄せた白いワゴンに、三上佳彦《よしひこ》はいつものように商品を積み込んでいた。

午前九時。万里絵が店の前を掃きに出てくる時間だ。こうしていれば、待ち構えていたように見えず、自然に毎朝、挨拶をし合うことができる。

今朝の配達先は三ヶ所だ。駅前のコーヒースタンド用のロック氷五キロ、保育園に頼まれているオレンジジュースとりんごジュースをそれぞれ二ダース。スーパー銭湯の売店用の微炭酸ぶどうジュースとレモンスカッシュを三ダースずつ。ジュースはいずれも長野の農家の手作りで、このあたりで取引があるのはうちだけだ。飲みやすく、酸味が少ないものを選んだ。何より有機農法だから、体にもいい。多少高くても、選び抜いた質のいい飲料を幅広く扱って、地域に愛される店にするべく、三上佳彦は頑張っていた。

無類の酒好きの父親と違って、佳彦は実は、アルコールにあまり強くない。それもあって、当初は跡を継ぐ気持ちはなく、理系の大学からそのまま大学院に進んで微生物の研究をした後、大手酒造メーカーの研究所に就職した。発酵食品の商品化に成功してから、酵母を使った化粧品開発にも携わり、やっと研究チーフになったところへ、父親に心臓の異常が見つかってしばらく入院することになってしまったのだ。命に別状はなかったものの、心臓発作を起こしたのは飲み過ぎのせいじゃないかと噂する人もいたりして客足が遠のき、母親まで元気がなくなってきた姿を見かねて、一人息子として跡を継ぐことにしたのだった。

イメチェンを目指して、佳彦は店の改革に乗り出した。酒類だけでなく体にいい飲み物も少しずつ仕入れ、研究者としてつきあいのあったメーカーと一緒に、オリジナルの甘酒も作った。その果汁入りの甘酒は、さくら通り商店街の女性客に口コミで広まって人気を呼んだだけでなく、ネット通販でもかなり売れていて、三上酒店の売り上げを倍増させていた。

同じ通りにあるヤクルトの販売店とは競合しないように気をつけ、スーパーの「世界一」ともバッティングしないように、扱う商品の吟味をこつこつ重ねてきた。こうしてお客さんの要望に合わせて、配達を日に何度もこまめにするのも、父親の代にはなかったことだ。

積み込んだ商品を数え終えて腕時計を見ると、もう九時半になっていた。

やっぱり、おかしいな。

三上佳彦はマリエの入口を見つめた。

普段ならとっくに脇に停めてあるはずの赤い自転車が、今朝はないことが気になっていた。たまに歩いてくることもあるけれど、だとしてもこんな時間まで万里絵が外を掃きに現われなかったことは、店ができてから一度もない。

三上はワゴンの後ろを閉めると、道を渡ってマリエの入口に立ち、様子を窺《うかが》った。ドアにはシャッターが、窓には白いシェードが下ろされたままで、人の気配がない。

おずおずと、ドア脇の呼び鈴を押してみる。

いくら待っても反応がないので、もう一度押し、またもう一度、としつこく鳴らしてしまった。

やっぱりいないようだ。どうしたんだろう。珍しく寝坊でもしたのかな。

開店までまだ時間はあるから、とりあえず配達をすませてこよう、と思いながらワゴンに戻って出発したものの、三上は心配だった。

昨日お茶しに行ったとき、矢崎のことを万里絵の耳に入れてしまって、本当に良かったのだろうか。ショックを受けた様子だったのが気になって、昨夜は遅くまで寝付けなかった。

今、さくら通り商店街に広まりつつある不穏な噂。

肉屋の墨田や、八百屋の杉山の話が、また蘇ってくる。

俺が言った通りだろ、やっぱり万里絵ちゃんは愛人タイプなんだよ。矢崎さんの次は虎之介だよ。人のものに手を出しては捨てるのがああいう女の本能なんだよな。気をつけろよ、おまえも結婚でもしたら狙われるぞ、と墨田に背中をどやされて、三上は非常に不快だった。

人のものを取るのが好きな子がいるのは、三上も知っている。高校生のとき好きだった子が、そうだったからだ。めちゃくちゃ可愛い子で、三上だけでなくクラスの男子のほとんどがその子を好きだった。しかし彼女はクラスメートたちには見向きもせず、担任になった新婚の若い男性教師に猛烈なアプローチをして、あっという間に学校中の噂になり、その教師が辞めてしまってまもなく本当につきあい始め、彼が離婚するや否や捨てた、という事件があった。

でもよく考えたら、と三上は運転しながら久しぶりに思い出していた。あの子が人のものを取るのが好きだとか決めつけるなんて間違ってたんだ。三上は今さら憤慨した。だいたい、人間を所有物のように言うのって何なんだよ。それに、生徒とつきあう先生の方に問題があるはずなのに、あの子のことばかりみんな悪く言っていた。どうしようもなく人を好きになってしまうことって、あるんだしな。

三上は一軒目の配達先である「岩の湯」の駐車場にワゴンを停めると、そうつぶやいた。

胸が痛む。

万里絵が矢崎とつきあっていたことを知って以来、三上はこんな風に、よく体に痛みを覚えるようになった。

大変なショックだったからだ。自分の大切な宝物が汚されたような気がした。しばらく万里絵の顔を見に行くことはできなくなり、くよくよする日々を過ごした。

けれど悩んだ末に少しずつ、三上は考え直した。

万里絵さんは別に汚れてなんかいない。汚したのは自分だ。勝手に崇《あが》めて、勝手に地に落とした。あの人の本当の姿を見る勇気が、自分にはなかったんだ。

「もう負けないぞ」と三上はそれから思った。万里絵さんが過去にどんな人とつきあっていようと、どんなひどい噂が立とうと、全て受け入れるのだ。自分だけは味方だ。それが本当の愛ってものだろう、と三上は結論づけた。

以来三上は、戦法を変えたのだった。押すのをやめ、引きの態勢を整えた。万里絵さんが気がついてくれるまで、いつまでも待つのだ。たとえ気づいてくれなかったとしても、いいんだ。愛とは無償、ってよく言うじゃないか。

配達を終えてラパンの角にさしかかった三上は、ドアの前に早苗の姿を認めて、車の窓越しに「おはようございまーす」と声を掛けて通り過ぎようとした。この人が店番をするようになったことも、噂になっている。妻公認の愛人だとみんなは言っていたけれど。本当だろうか。

早苗は三上の声が聞こえなかったかのように全く反応せず、じっと二階を見上げて立ち尽くしている。妙な切迫感が伝わってきて、思わず三上は減速しながら、「どうかしたんですか」と大きな声で尋ねた。

「鍵屋さんを知らない?」

早苗は振り向くなり、そう言った。

「かぎや?」

「あるでしょ、電話したらすぐ来て鍵を開けてくれるところ」

「ああ」

えーと、と三上は車を停めて、携帯のアドレス帳を開いた。前に父親が深夜酔っ払って帰ってきて、うまく差せずに鍵穴を半壊させせたときに、呼んだ覚えがあった。

「まだここやってるかな。電話してみましょうか」

「うん、して。今すぐ」

早苗の緊迫した様子にのまれて電話をかけようとして、「それでなんて言えばいいんですか。鍵を失《な》くして開かないとか？」と三上は尋ねた。

「いや、失くしたんじゃないの。鍵は元々持ってないの。でもいいからとにかく、開けてほしいって言って」

「え、なんで持ってないんですか」

「合鍵はもらってないの。だって必要ないでしょ、虎之介は大体いつもいるし」

三上は混乱した。

「で、その、虎之介さんは今どこにいらっしゃるんですか」

「中にいると思うんだけど」

「じゃあなんで出てこないんですか」

「わからない」ふてくされたように早苗は答えた。

「いるなら出てくれれば、ここ、開くんじゃないんですか」

だからあ、と早苗は苛々《いらいら》したように声を上げた。

「いくらチャイム鳴らしても、全然出てこないの。パンの匂いはするから、焼き終えてから、寝ちゃったんだと思う。よくあるのよ、そういうこと。だけど、もう開店まであと三十分しかないのよ。もうすぐお客さんが来るのに、どうすればいいのよ。早く店を開けないと」

「ちょっと待って下さい」三上はワゴンを道の端に寄せて、エンジンを止めた。

「ということは、勝手に鍵屋さんに開けさせるってことですか。虎之介さんが上にいるのに?」

説得に二十分はかかったと思う。

三上は疲れ果てた。だが、早苗が度を失っているのが、店の脇に停められた赤いマチャリのせいだとわかると、三上にも早苗の緊迫感がじわじわと乗り移ってきた。その自転車が、万里絵のものと酷似していたから。

万里絵はパンの試作のため、閉店後に時々ラパンに行くと言っていた。

「なんで起きないのよ、もう」と早苗がしつこくまた呼び鈴を押す。

「疲れて熟睡してるんですかね」とつぶやいた三上は、自分の言ったことに激しく動揺した。もしや、万里絵は昨夜ここに泊まったのではないか。

だとしても、こんなにチャイムを鳴らしているのに二人とも気づかないなんてことがあるだろうか。

「何かやばいことに、なってないでしょうね。二人同時に急病ってことはないだろうけど、でも急性アルコール中毒で倒れてるとか、いや、それともまさか、一緒に薬飲んで倒れてるとか、そんなことはないですよね」

一刻も早くここを開けた方がいいかもしれない。三上は携帯を握りしめた。

「何言ってるの」早苗が悲鳴のような声をあげた。「どうして一緒に薬飲むとか倒れるなんてことになるの。そんなのあり得ない」

「いや、それはさっき早苗さんが、寝てるかもって言ったから」

「二人で寝てるわけないでしょ」

「でも、上にはベッドとかあるんですよね」

「あるに決まってるでしょ」

「そしたら、なんか二人で盛り上がってそういう感じになって、その後なんかわからないけどだんだん話がやばい方向に行って、もしかしてついにその、死のうとかそういうことになったりして」

早苗がみるみるうちに青ざめるのを見て、三上は言葉を飲み込んだ。

どうしたらいいんだろう。とりあえずマリエをもう一度見に行って、居ないのを確かめてから、まずは警察に、とうろたえながら考える。

早苗がまた「居るんでしょう。開けて」とドアをどんどん叩《たた》き始めた。

「そんなに力を入れたら危ないですよ」と三上は腕を摑んだ。「ガラスが割れたりしたら大怪我《おおけが》しますよ。いったん落ち着きましょう。ね」

宥《なだ》めるように早苗の華奢《きやしや》な肩を抱きながら、そういえば、この店の名義は虎之介ではない、と墨田が言っていたことを、三上は思い出した。

電話がかかってきたとき、伊都子はやっと眠りについたところだった。帰ってくれない常連客の相手を朝までしていたせいで、布団に入ったのは六時を回っていた。

そういうことはたまにある。家に帰りたくない客の受け皿になることも、こういう店の役割なのをよくわかっているから、相手によっては臨機応変につきあうことにしている。バイトの子たちは定刻通り零時前に帰してやり、伊都子がサシでつきあう。もちろん売り上げのためだ（だから金離れの悪い客の場合には即帰っていただく）。とことん飲みましょ、と普段より高いボトルを入れさせてもらって、つきあってやる。

ゆうべは、三上酒店の子にすすめられて試しに入れてみたウイスキーのボトルを開けて、それを半分のんだところで何とか帰ってもらうことができた。やだよう、と甘えてくる白髪の常連客を、よしよし、大丈夫だから、と宥めて、背中を撫で、ドアから押し出して、何度も振り返るのに手を振ってやり、伊都子はため息をついた。

あー疲れた。これでやっと眠れる。定休日前で良かったよ。

寝付いたところで無意識に電話には出たものの、何か一生懸命しゃべる男の声がすることしか、朦朧《もうろう》としている伊都子にはわからなかった。だが間もなく、同じ単語が繰り返されているのがやっと聞こえてきた。

「鍵？」

「そうです、鍵です、ラパンの。お持ちじゃないですか」

「ラパン？」

「そうです、ラパンです。虎之介さんの」

やっと少し目が覚めて、「虎之介がどうかしたの」と聞く。そういえば、虎之介がゆうべは来なかったことに、伊都子はそのとき気がついた。

「店が開かないんです。たぶん籠城してます、女の人と一緒かもしれません」

「女？」

「万里絵さんです、たぶんですけど」

「誰だって？」

「とにかく早く来て下さい。鍵を持って」

叫ぶような大きな声に、伊都子は顔を顰《しか》めた。

「もうちょっと寝かせてよ」

「もし何かあったらどうするんですか」

「何かって？」

「わからないけど、心中とか、そういう」

伊都子は携帯を持ったまま、やっと半身を起こした。万里絵ってあれか。例の喫茶店の子か。

「心中って、今時そんな。だいたい、あの子とはそんな仲じゃないでしょ、まだ」と伊都子は笑った。あの中年の地味な女ならまだしも。

「でも、何度呼び鈴押しても反応ないんですよ」

「知らないわよ私はそんなこと」伊都子はあくびをしながら面倒くさそうな声を出した。

「早く来て下さい」

急に甲高い女の声が聞こえた。

「来ないなら取りに行きますから」とさらに女の声が続いて、また男の「すみません、とにかく鍵お願いします」という叫ぶような声が聞こえて、電話は切れた。

何なのよ。

伊都子は携帯を布団の上に放った。眠い。当然まだ酔っている。

この中にあったかかな。伊都子はだるそうにうつ伏せになりながら、ベッドサイドのテーブルの方に手を伸ばしたが、花柄の小皿に載せた鍵の束を摑む前に、またとろとろと眠りに引きずり込まれていった。


家主が鍵を持っていることがわかると、駅前の交番からやってきた中年の警官は、すぐに帰ってしまった。もしも何か事件性があったらまた呼んで下さい、と言い置いて、自転車で戻っていった。

たった一時間鍵が開かなくなったというだけでは、何もできないらしい。

そりゃそうだよな。三上は伊都子に電話したのち、騒ぐ早苗に引きずられるように一一〇番までしてしまったことを、やや恥じた。

さっきワゴンを戻しがてら様子を見に行ったマリエには、未だドアにシャッターが下りたまま、人の気配がなかった。

万里絵が酔うとすぐ眠くなるタイプであることも、三上は調査済みだった。パンの試作後に、ちょっと二階で休もう、とかなんとか虎之介に寝室に誘い込まれ、押しに弱い万里絵が一緒に寝てしまうという流れが、三上の頭をぐるぐる駆け巡った。

いや、もしかして万里絵さんの方から寝室に誘い込んだのかもしれない。噂されているように、あいつを狙っているから、閉店後、熱心にここに通っていたんじゃないだろうか。三上には耐えがたい想像も浮かんできた。

いずれにしても、このままではまずい。

まもなく伊都子が持って来る鍵を使ってここを開けたら、二人が同衾《どうきん》している現場に踏み込むことになるかもしれない。

そうなったら、自分の受けるダメージがどれほどか、三上は考えただけでおそろしかった。

さっきまで動揺激しく騒いでいた早苗が、警官が帰ってしまうと一転して無口になっているのも、なんだか不気味だった。

どうしたらいいんだ。三上はめまぐるしく頭を回転させた。

ラパンの前には、普段通りにパンをもとめに来た客たちが、並び始めている。

三上たちをちらちら見ながら、噂話をしているのも聞こえてきた。

「何あれ、夫婦げんか？」

「ここの奥さんと、男は酒屋さんよね」

「いやあれ実は奥さんじゃないらしいですよ」

「やばいと思ってたんだよここ」

「さっき警察来てましたよね」

とりあえず、客を帰らせよう、どうせ今日は店を開けられないだろうし、これ以上変な噂が広まるのもまずい、と三上は並んでいる五、六人ほどの列に近づいた。


早苗はラパンのドアに手をついて、体を支えた。さっきから耳の奥で、きーんと高い音が続いていた。また、めまいが始まりそうな気がする。

虎之介とつきあい始めてから、何度かひどいめまいになった。百合子が紹介してくれた婦人科クリニックの医師に出してもらった薬を飲んではいるものの、こんなどんよりした天気の朝なんかに、時々再発する。

更年期のホルモンバランスの乱れが原因かもしれない、と医師に言われた早苗は、急に恋人ができたことも念のため話したのだったが、相手が十一歳下であることを確認した同年代の女性医師は、まだ閉経前なので大丈夫かもしれませんが、性交痛があったりすると、関係がうまくいかなくなる場合もありますし、体と心のバランスが乱れることがこれから多くなるかもしれませんので、とネガティブな話を続けた。早くめまいの薬だけもらって帰りたかった早苗はあまり耳を傾けずにいたのだったが、最後にされた質問が、思いがけず心に深く刺さってしまった。

もしも妊娠をご希望されるならば、と医師は言ったのだ。

ぎりぎりの年齢だと。

全く考えていません。そう答えながら、早苗の脳裏には九年前のことが蘇っていた。夫を亡くした頃、早苗は人に会うたびに、子どもがいればよかったのにね、という慰めの声を掛けられた。早く再婚して、子どもを持ちなさい、と言う人もたくさんいた。そうすれば、きっとすぐ立ち直れるわよ、と。たぶん早苗が三十四歳だったからだろう。子どもを産みやすい年齢の上限を、みんな気にしてくれていたのだ。

でも、早苗の意思は、誰も確認しようとしなかった。なぜ夫がいなくなった途端、まるで代わりのように、子どもを持つことを薦められるのだろう。亡き夫の存在が否定されるような気がしたし、自分のことも否定されているようだった。夫か子どもがいないと生きていけないと思われているのか。自分はそばに誰かいないとダメなのだろうか。仕事をしていないせいかもしれない、とパートに出てみたものの、相変わらず再婚話が持ちかけられる。

次第に知り合いの誰にも会いたくなくなって、友だちは減り、親戚づきあいもほぼしなくなり、家とパート先との往復だけになっていった。感情も欲望も次第に薄くなったが、その方が楽だった。

あれから九年経って、早苗は今またしても、子ども、という言葉を差し出されたのだった。

ただ、恋をしただけなのに。

なぜ出会ったり別れたりするたびに、子どもを産むか産まないかという選択を突きつけられるのだろう。

妻か母にならないといけないのだろうか。

周りに変な目で見られ始めていることは知っている。ラパンで接客していると、わざわざ「ここの奥さん?」と聞いてくる客や、「お母さんでしょ」と言う人もいた。

違います、ただのアルバイトです、と微笑みながら、恋人だよ、と心の中だけで、早苗はつぶやいた。本当はみんなに向かって大きな声で、この人は私の恋人だ、と宣言したかった。お互いに深く愛し合っている恋人同士なのだ、と。

虎之介がおそらく万里絵と閉じこもっているラパンのドアの前で、早苗はまた耳の奥で、きーんと高い音がするのを感じた。

百合子に言われたことが蘇ってくる。

「あなたが万里絵ちゃんくらいの年なら、私だってこんなに反対しないわよ。万里絵ちゃんなら、ラパンさんと年齢的にぴったりだし。実際仲いいしね、あの二人」

虎之介が自分より万里絵を好きになってしまったら、と早苗は考えて、全身から血の気が引いた。

なんでこんなことになったんだろう。

ブレーキの利かない車のように、坂道を転げ落ちていく気分だった。でも、進むしかないのだ。たとえ百合子に止められても、万里絵に邪魔されても、止まることはできない。自分を止められるのは、虎之介だけしかいない。彼に会って、気持ちを確めるしかないのだ。きっと会えば、自分を選んでくれるはずだ。

でも、もしも、選ばれなかったら。

何かにぶつかって大破する車のイメージが、脳裏に鮮やかに浮かんだ。好きな人を突然失った挙げ句、クリニックの医師に言われた通り、身も心もバランスを失って、一気に鬱になってしまうのだろうか。

早苗は目を開いた。

そう思った時点で負け。

百合子の言葉が蘇ってくる。

捨てられてたまるもんか。

早苗はラパンのドアを摑んで、立ち上がった。

略奪。

そんなことどうすればできるのか、わからないけれど。

背後で、開店を待つお客様たちのざわめきが聞こえる。三上が大きな声で何か言っている。

耳鳴りがひどくなっていく。ラパンの二階の窓を見上げようと首を反らした瞬間、早苗は平衡感覚を失ってよろめきそうになったが、ドアを強くしっかりと摑み直し、何とか体を支えようとした。

三上は決心した。

やはり、自分が踏み込むしかない。

しかし、鍵を待つ時間が長引くにつれて、だんだん揺らいできた。踏み込むべきか、それとも出てくるまで待つべきか。眉間に皺を寄せてくよくよしてしまう。

万里絵が一糸纏《まと》わぬ姿で、虎之介とベッドにいる場面を想像する。そんなところを実際に見てしまったら、二度と立ち直れないほどショックを受けることになるだろう。

だが、もし自分がここから立ち去り、早苗一人で現場に踏み込むことになった場合どうなるか、と思うと三上はぞっとした。絶対に修羅場になる。たぶん取り返しのつかないことになるだろう。万里絵さんが危害を加えられるとか、本当に事件になってしまう可能性だってあるかもしれない。

気分悪そうにドアにもたれていた早苗が身を起こそうとするのを、三上は柔らかく制した。

「まだ休んでいらして下さい。あと十分しても来なかったら、僕、ルビーに行ってきますから」

早苗は青白い顔をしている。

「鍵もらってきたら、僕がまず二階の様子を見て来ます。早苗さんはとりあえず、ここでしばらく待機していらして下さい」

「それはダメ」

　ドアに手をつきながら早苗が顔を上げた瞬間、またふらりとよろめいた。三上は慌てて腕を摑んで支えた。

「無理しないで下さい。どこかでちゃんと休んだ方が」

「大丈夫」

「でも、すごく顔色悪いですよ。どこかで看《み》てもらった方がいいんじゃないですか」

「だから大丈夫だってば」と早苗が苛立たしげな声を出したので、三上はちょっとむっとした。

　こうして支えてやらないと、立ってるのもやっとじゃないか。鍵を手に入れたら、この人のことはほっといて、勝手にダッシュで上がっちゃおう。そうすれば、この人が嫉妬のあまり殴りかかるみたいな展開になる前に、万里絵さんを逃がすなり隠すなりすることができる。

　三上はやっと、腹を括《くく》った。いま、万里絵さんを守ることができるのは、やっぱり僕だけだ。

　そのとき早苗が、支えていた三上の手を振りほどいた。

「こんなとこでじっとしてても、しょうがないね」

「どうするんですか。今すぐ鍵もらいに行きましょうか。それとも、いったん帰りますか」

「帰るわけないでしょ」

「でも、やっぱりお家で休まれた方がいいんじゃないですか。その間に僕が鍵をもらってきますから」

「何言ってんの」早苗は三上を呆れたように見た。「あなたこそ、もう帰っていいですよ。配達中にお引き留めして、すみませんでした」

「いや、そんなわけには」と言いかける三上を無視して、早苗はつぶやいた。

「最初からこうすれば良かったんだわ」

早苗はゆっくりと、体をガラス張りのドアに向けた。そして三上があっと思う間もなく、勢いよく腕を振り上げて、錘《おもり》のように拳を打ち下ろした。

ゴン、という重低音が響いた。

三上は仰天した。

危ない、と叫んで早苗の腕を摑もうとするも、一瞬早くまた振り下ろされ、ガン、と鈍い音が響き渡った。ガラスがびりびり震えたような気がした。

「やめて下さい、割れたらどうするんですか」

やっと腕を摑むと、早苗は激しく身をよじった。

「放してよ!」

早苗の強い声に、三上は驚いて思わず手を放した。通りかかった女が不審そうに振り返って、こっちをじっと見ている。

「ちょっと、やめて下さいよ、僕がなんか悪いことしてるみたいじゃないですか」

「邪魔しないで」

早苗は荒い息を吐いている。三上はその隙に、猛獣をなだめるかのように、素早く腕ごと後ろから抱きしめる体勢をとった。

「静かにして下さい。ね、お願いだから。深呼吸しましょう。大丈夫です、もうすぐ伊都子さんが鍵を持って来ますから」と言いかけたところへ、「虎之介!」と早苗が二階に向かって絶叫した。

「出てきて! 早く! 助けて!」

助けて? 三上は慌てて腕を放した。道端には人だかりができ始めている。立ち止まって見ている人たちに向かって、「違うんです」と両手を振って弁明する。

「何でもないんです。いや、ちょっと揉め事みたいなんですけど、僕はむしろ助けに来ている方なんです」

「虎之介!」とひときわ高く叫びながら、早苗は両拳を同時に分厚いガラス扉にがんがん打ちつけ始めた。

「早苗さん、ちょっと! やめて下さい」と三上は思わずタックルのように腰のあたりにむしゃぶりついたが、どこにこんな力があるのか、と思うような強さで何度か足《あし》蹴《げ》にされ、そのうちの一発が股間近くに当たった。激痛のあまり三上は腕を放してしまい、悶《もだ》えながら体を丸めてうずくまった。

次の瞬間、ガシャン、という激しい音がした。

ぱっと血が飛び散るのが、顔を上げた三上の目に、鮮やかに映った。

早苗の拳が、ドアのガラス部分を突き破っていた。

11　万里絵

遠くから、サイレンの音が近づいていた。

万里絵ははっとして飛び起きた。

しまった。いつの間にか熟睡してしまったらしい。いま何時だろう。

隣で眠っていたはずの虎之介の姿はなかった。裸の半身に冷気が触れて、身震いする。ベランダの窓が開けっぱなしになっていた。

ベッドのすぐ下に落ちていた白いシャツを、とりあえず拾いあげる。慌てて布団をあちこち探ると、足元に丸まった毛布に、ブラジャーが絡まっていた。

虎之介はどこだろう。トイレだろうか。

なんだか外が騒がしいみたいだけど、と不安に思いながら下着を身につけ、急いでシャツを羽織る。

急にサイレンが驚くほど近くで聞こえたと思うと、止んだ。

ばたばたと階段を上がってくる複数の足音が聞こえてきて、驚いてベッドから立ち上がる。二階の扉を強く叩く音が、部屋中に響いた。

ラパンの表には人だかりができていた。

ボサボサの髪で出てきた万里絵の姿も、血だらけで運ばれた早苗さんの姿も、警官に向かって何やら必死で説明し続けていた三上さんのことも、間もなく商店街中に知れ渡った。

虎之介がいつの間にか、どこかに消えてしまったことも。

早苗さんは被害者ではなく、逆に他人の店のドアを壊した加害者であることがわかると、警官たちは明らかに興味を失い、愛人同士の揉め事と決め込んだなおざりな質問しかしなくなった。

虎之介は浮気がばれたために、ベランダから雨樋《あまどい》を伝って逃げたものと結論付けられた。実際、ベランダのすぐ下の植え込みには人が踏み荒らしたような跡があり、低木の枝も折れていたらしい。

「あんたが逃がしたんだな」と万里絵は決めつけられた。違います、気づいた時にはもういなかったんです、それに、早苗さんと私は別に揉めてないですよ、だって私は彼とつきあってるわけじゃないし、仕事の休憩中にたまたますっかり眠り込んでしまっただけで、電源を切っていたチャイムはもちろんドアを叩かれていたことも気づかなかったし、彼がいついなくなったのかもわかりません、と訴えたけれど、ほとんど聞いてもらえなかった。帰ってきたらすぐに署に来るように、と虎之介への伝言を頼まれたけれど、一体どうやって伝えればいいんだろう。いつ戻るかも、どこにいるのかもわからないのに。携帯は電源を切っているらしく、何度かけても繋がらなかった。

万里絵は騒動の翌日から、いつも通りに店を開けた。他にどうしようがあっただろう。

一ヶ月ほどは、しつこく事情を聞きたがる常連客か、こちらを窺いながらひそひそ噂話をする客ばかりがやって来た。ランチを楽しんでくれていた女性のお客さんたちは、潮が引くように姿を見せなくなった。そのうちに野次馬さえも減っていき、ついには常連客は三上さん以外、ほとんど誰も来なくなった。

なんであのとき眠り込んでしまったんだろう。

万里絵は激しく後悔した。休憩なんかしないですぐに帰れば、こんなことにはならなかったんじゃないか。早苗さんを傷つけた挙げ句、店の評判も落としてしまった。ランチ用のパンも、虎之介がいなくなったせいで確保できなくなったし、あんなに張り切って完成させた黒パンの北欧サンドも、結局一度も出せていない。

どこ行っちゃったんだ、あいつ。ちゃんと戻ってくるんだろうか。これじゃあ、生きてるのかさえ、わからないじゃないか。せめて連絡くらい、くれてもいいのに。

万里絵は次第に、心配が怒りに変わっていくのを感じていた。

よく考えたら、私を置き去りにして一人で逃げるなんて、ひどくないかな。しかも、寝た直後に。


二ヶ月経っても、虎之介は戻らなかった。

二階の窓に明かりは点《とも》らず、割れたガラスの代わりにとりあえず段ボールで覆ったドアも、ずっとそのままになっている。

毎朝ラパンに並んでいた客はみんな、代わりに南口のパン屋に並ぶようになった。

あれ以来、早苗さんの姿もずっと見なかった。レジのパートも休んでいるらしい。

先月百合子さんに聞いたところによると、切った右手はかなり縫ったようだった。

「でもどのくらい酷《ひど》い傷なのか、詳しくはわからないの、全然会えなくて」と百合子さんはマリエのカウンター席から身を乗り出して、誰も客がいないのに声を潜めた。

「訪ねていっても、会ってくれないの。食事とかどうしてるのか心配なんだけどね。

まあ、一人分くらい、コンビニで出来合いの物を買ってくればいいだろうけど、栄養バランスが心配じゃない？　何を食べてるのかしら。重い物なんか持てないだろうし、料理だってできないだろうし。いくらでもなんか買っていって作ってあげるし、うちにいつでも食べに来てちょうだいって、何度もメールも留守電も入れてるんだけど」

反対しすぎたのがいけなかったのかなあ、と百合子さんは悲しそうな顔をしていた。でもあんな男、誰だって反対するでしょう。あ、万里絵ちゃんはいいのよ、まだ若いし、怪我したって治りも早いじゃない？　でもねえ、年取ってから怪我すると、もう一生、傷が治らないってこともあるんだよ、気をつけてよ万里絵ちゃんも。今はいいけど、火遊びしていられるのも、あと少しだけだよ。

「そろそろ真面目に、つきあう相手、選んだ方がいいわよ」と言い残して、百合子さんは去っていった。

虎之介がなぜいなくなったのか、万里絵はあまりにも考えすぎて、よくわからなくなってきていた。やっぱり私が押し倒したのがいけなかったのかなあ。でも、虎之介にもまるで抵抗する様子はなかった。騒動になったことは悔やまれるものの、しなければよかったとは、今も思えなかった。

あんなにリラックスして、憂いのないセックスをしたのは初めてだった。

なんだったんだろう、あれ。

お互い盛り上がって、たまたまタイミングが合っただけの、一度きりの出来事。

好きとか嫌いとか、つきあうとか結婚するとか、何にも考えなかった。だから良かったんだろうか？

今までいつも相手に嫌われないように気を遣って、相手がいいかどうかばかり気にして、自分の快感なんか二の次だった。人の顔色を窺って生きてきた万里絵には、セックスもその延長でしか、これまでできなかった。無意識に、常に相手に合わせてしまう。虎之介は、それをすぐにわかってくれた。いいんだよ、と彼は何度も言った。何もしなくていい。目を閉じて。本当にいいときだけ、ちゃんと教えて。適当に感じるふりをするなよ。

万里絵は人に嫌われることがずっとこわかった。

人を好きになることもずっとこわかった。

本当は、矢崎とも、誰とも、ちゃんと向き合っていなかったんだ。

そのことに、好きでもなんでもないはずで、この先つきあいたいわけでもなく、たまたま欲望に応えてくれた虎之介と寝たことで、気づいたのだった。

十一月も終わりにさしかかった午後、万里絵は誰もいない店内で、そろそろクリスマスメニューを決めたいけれど、それより店を畳むことを真剣に考えた方がいいのか、一人思い悩んでいた。

今月はついに、赤字の新記録を更新しそうだった。このままだと、計画通りに開店資金を回収するのは絶対に無理だ。会社員時代に必死で貯めた運転資金は全て消えたし、いざというときのためにとっておいた、実家を売った金の余りも、そのうちに底をつくだろう。借金が膨らむ前にやめてしまうべきだろうか。それとも、借入金の限界まで、何とか頑張るべきだろうか。やめたくない。でも、このままでは最悪の末路しか見えてこない。万里絵はカウンターに座って、暗い顔で電卓を叩いては、悩み続けていた。

ドアベルが鳴り、早苗さんの姿を久しぶりに見たとき、万里絵は驚くと同時に、思いがけない気持ちになった。

助かった、と思ったのだ。

虎之介がいなくなった原因を知っているとしたら、早苗さんしかいない。万里絵は、自分のせいじゃないことを確かめたかった。

自分と同じくらい虎之介の不在に困っているのも、早苗さんしかいない気がしていた。どうしても帰ってきてほしい。虎之介がいないと困る。理由はたぶん全然違うけれど、この気持ちを共有できるのも、早苗さんだけだ。

やっと、話し相手を見つけた気がした。

と同時に、万里絵はうろたえた。早苗さんからは嫌われているはずだ。本音を話せるような、友だちでも仲間でもない。

きっと、恋人を寝取った女だと思われているだろう。嫌われ、憎まれて当然だった。虎之介を逃がしたのも、みんなと同じく万里絵の仕業だと思っているかもしれない。問い詰めに来たのだろうか。彼が今どこにいるのか、知らないと言っても信じてもらえないかもしれない。

きちんと釈明して、誤解は解きたい。そして謝りたい。だけど、何を？　虎之介とあの朝、寝たことを？

早苗さんは黙って、ドアの前に立ち尽くしている。

元々細身だったけれど、さらに痩せたようだった。首の細さがますます目立った。栗色に染めたボブヘアの、伸び始めた頭頂の辺りだけが黒い。

カウンターから立ち上がって向き合い、しばらく見つめ合った。

「大丈夫ですか」とまず万里絵から声を掛けた。

「これ？」と早苗さんは右手の包帯に、左手のひらを添えた。左の拳には、絆創膏《ばんそうこう》らしきテープが巻かれている。

「もうだいぶいいみたい。伸ばすと少し痛いけどね」

「すみませんでした」

「何が」

「いろいろ」と俯いてしまう。

「自分で勝手に怪我したんだもん、あなたが謝ることないよ」

そうだけど、なんか、とつぶやくと、

「何も謝る必要はない」ときっぱり言われた。

「それにもし謝るとしたら、私じゃなくて伊都子さんにじゃない？　一応あのひとが奥さんなんだからさ。だけど、私もそしたら、伊都子さんに謝らないといけなくなるね」と早苗さんは微笑んだ。

「でも私は、ドアを破損したこと以外謝るつもりないよ。伊都子さんだって、それ以上望んでないと思うし」

万里絵はやっと気づいて、どうぞこちらへ、と窓から一番遠い二人がけのテーブルに案内し、急いで厨房に戻った。

湯を沸かす間に少し考えてから、ダージリンとアッサムをブレンドした、ミルクティー用の茶葉を選んだ。ティーカップに湯を注いで、温める。早苗さんが気に入っている、縁に金彩の施された、青い花模様のカップだ。砂時計が落ちるのを待ってから、紅茶を注ぐ。ポットに白い毛糸の帽子のようなティーコゼーを被せて、テーブルに運んだ。

万里絵はそのまま、早苗さんの向かいの席に座った。三上さんがいつも来る夕方まで、どうせ客は誰も来ないだろう。

「謝るのは私の方だよ。今日はそのために来たの」と早苗さんは言った。「私があんな騒ぎを起こしたせいで、ここのお客さん、いなくなっちゃったんでしょう？　百合子さんから聞いたの。ごめんね」

「いえ、早苗さんのせいじゃないです。私も軽はずみなことしちゃったし」

「確かに。虎之介とするなんて、軽はずみ以外の何ものでもないよね」と早苗さんが笑ったので、驚いた。屈託ない笑顔に見えたけれど、怒りを隠すためだろうか。

「すみませんでした。あの朝パンがうまく焼けてテンション上がっちゃって、なんか、ノリでそうなっちゃったんです。つきあいたいとか好きとかじゃなくて。ほんとです」万里絵は俯いた。

「だからなんで私に謝るの。言い訳もしなくていいんじゃないかなあ。そういうの良くないよ。何も悪くないのに罪悪感持つことになる。そんな風にされると、私もつい、全部あなたのせいにしたくなっちゃうからやめて」

すみません、とまた言いそうになりながら、万里絵は口をつぐんで頷いた。

「まあ、私もついこないだまで、ちょっと反省してたけどね。なんであんなことしちゃったんだろうって。すごく惨めでさ。手も痛いし」

「百合子さんと心配してました」

「恥ずかしくて誰にも会えなかった」と早苗さんはぽつりと言った。「一人で引きこもってどん底まで落ちて、それでやっと、目が覚めたの」

「覚めるって……何から？」

「何だろう。……そうね。これが失恋ってやつなのかな」

今さら何言ってんだって感じだね、と早苗さんは乾いた笑い声をたてた。

「でも、目が覚めて元の自分に戻った気もしないの。前の自分がもう思い出せないくらい遠いよ。だけど私、パンを買いに行っただけなのよ。それがいつの間にかこんな」と包帯と絆創膏だらけの両手を掲げる。「やんなっちゃう。さっきあなた、軽はずみって言ったけど、私もそうだったよ」

「え、早苗さんも？」

「うん。知らない若い男と、いきなりしちゃったんだもん。あなたの方がまだマシじゃないかな。仕事仲間として気も合ってたでしょう。私なんか最初のとき、ろくにしゃべったこともなかったんだから」

「なんでそんなことに」

「わかんない」

最悪よね、という言葉とは裏腹の笑顔を浮かべているのに、万里絵は少し驚いた。この人、思ったよりなぜか元気そうだ。

「ねえ、甘いもの注文してもいい？　久しぶりにここのケーキ食べたい」と言う早苗さんのために、今朝焼いたパウンドケーキを切ることにした。客が少ないので日持ちのしない生のケーキは作らなくなっていて、代わりに材料費もあまり掛からず保存のきく焼き菓子作りに嵌《はま》っていた。今日は栗とナッツを混ぜ込んだキャラメル風味のケーキを焼いた。たまたまだが、早苗さんは栗が好きだったはずだ。ホイップした生クリームを添えて、ティーカップとお揃いの、イギリス製のケーキ皿で出す。

早苗さんはそれを、左手で器用にフォークを使って、美味しそうに食べてくれた。

「早苗さんは、そんな風に虎之介として、後悔とかなかったんですか」

「どうかなあ」

左手で早苗さんはカップを持ち、包帯の右手を丸めたまま添えて、紅茶を飲んだ。

「なんでそんなことしちゃったのか全然わからなくて、びっくりしたのが一番だったかな。それで、とりあえずこれは恋だって思い込むことにした。そしたら落ち着いたんだよ」

だから、ほんとに恋だったのかよくわかんないんだよね。あんな騒動を起こしてみんなに迷惑かけた後でこんなこと言うのもなんだけど、と早苗さんは笑みを浮かべた。

「全部が初めてで、こわいから目を閉じて暴走するみたいになっちゃった気がする。壊れたのがドアだけで良かったかも。彼がいなくなっちゃったのはほんと悪いことしたなと思ってるけど」

「早苗さんのせいじゃないです」万里絵は強い声になった。「私が彼と寝なかったら、早苗さんがあんなことする羽目にはならなかったと思うし」

「それでも、私はいつか何かにぶつかって大破するようなことになっただろうし、彼は結局私から逃げただろうと思う。万里絵ちゃんはきっかけを作っただけだよ」

早苗さんはケーキを食べ終えて、静かにフォークを置いた。万里絵は、この人は元気なんじゃなくて、もう何もこわくなくなっているだけなんだ、と感じた。

「私も男に逃げられたことありますよ。あのとき、どうせなら私も、暴れてドア突き破るとかしちゃえばよかったな」

「止めた方がいいよ。私みたいにこんな怪我して、あちこちで噂されて笑われるんだよ」

「一人で泣くよりマシって気がしますけど。笑われるの上等じゃないですか。次また男に逃げられたらやってみます。まだチャンスありますかね。私、人に何されても黙ってにこにこして我慢しちゃう癖があって、常にブレーキ踏み続けてるみたいな人生なんですよね」

矢崎のときだって、黙って引き下がることしかできなかった。妻が出てきたらすぐに諦めてしまった。自分はこの先も、大事なものが見つけられず、人に遠慮ばかりして生きていくんだろうか。自分の店を作って人生を変えようとしたのに、結局やっていけそうにない。

なんとかして、この店だけでも守りたかった。

そして早苗さんと、ここでもっと虎之介の話がしたかった。最初の常連になってくれたこの人と、まさかこんな風に男を共有する羽目になるとは夢にも思っていなかった。大人しい人だったのに。早苗さんはどうしてあんなことができたんだろう。

　自分がもしあのままつきあったとして、早苗さんみたいに虎之介にのめり込んだりできただろうか。

　そっと、カップをソーサーに戻す早苗さんの左手を、万里絵は見つめた。

「大丈夫ですか。手、痛くないですか」

「うん、強く曲げなければ平気。まだレジは打てないけどね。でも、パンの作り方は教えられるよ」

「え」

「困ってるんでしょう、ラパンのカンパーニュがなくて」

「え、なんで」

「そんなのわかるよ。だって私が配達してたじゃない。焼き方だってわかるよ。教わった時のメモもある」と早苗さんは左手で、バッグからノートを取り出した。

「これ見せようと思って、今日は来たの。ラパンで覚えたこと、全部書いてあるんだ。そりゃ、この通りやったって、美味しく焼けるかどうかはわかんないよ。でも、もしやるんだったら、これ使ってよ。どうせお客さんいなくて暇なんでしょう。伊都子さんに頼んで貸してもらったらどうかな、ラパンの工房」

早苗さんは万里絵をまっすぐに見て、そう言った。

12 女たち

閉店後に待ち合わせた駅前に、早苗は真っ赤なワンピースを着て立っていた。

「どうしたんですかその恰好」と万里絵は思わず言ってしまった。

「ここは気合いを入れて赤かなと思ってさ。やっぱり変？」と笑っている。

「いや、変っていうか、見慣れないから」

「虎之介が、赤が好きだったんだよね」

「そうなんですか」

「似合わないのにね、こんなの」と早苗は自分の服を見下ろしている。

「似合わないってことはないですけど」

「そもそもほんとに赤が好きだったのかな、あの人」

「好きな色は嘘つかないでしょう」

「いや、あいつ、パンのこと以外全部適当だったじゃない」

「そうなんですか」

「そうだよ」

「私、よく考えたらあの人とパンのことしかしゃべってないです」

「その方がよかったかもね。じゃ、行きましょうか」

「はい。お願いします」

万里絵は早苗の勧める通り、自分でなんとかしてパンを焼くことにした。店を続けるにしても、看板メニューのうち、パンケーキ以外のものは、すべてラパンから仕入れたパンがなくてはできないのだ。

南口の人気店のバゲットは高いから、味は保証できても利益がほとんど出ない。仕方なく隣の駅の古くからやっているパン屋から買ってきたり、冷凍のパン種を仕入れて自分で焼いてみたり、万里絵はこの二ヶ月、パンをどうするかという問題に良い方法を見いだせないまま、右往左往していた。

このまま虎之介が戻ってこなかったら。

あれだけ美味しいパンを、あれだけ安値で提供してくれる仕入れ先は、おそらくないだろう。早苗の言う通り、こうなったらラパンの工房を借りて自力で焼くしかない。そのためには、一度ルビーにお願いに行かなくてはならない。ドアのことを謝りたいという早苗もつきあってくれることになって、万里絵は心強かった。

「そろそろ来るような気がしてたよ」と入ってきた早苗を見るなり、伊都子は言った。

「え、何でですか」と万里絵は内心びくびくしながら、通されたカウンターの、早苗の隣に座った。

「二人揃って来るとは思ってなかったけど」と差し出されたおしぼりを受け取る。

「いい色ね」と伊都子は早苗の真っ赤なワンピースをカウンター越しに一瞥してから、お通しのこんにゃくと里芋の煮付けを入れた小鉢を二つ、それぞれの前に置いた。

「何になさいますか」

「焼酎のお湯割りをお願いします」と言う早苗に、万里絵も「同じで」と続ける。

伊都子はさらに、ガラスの小鉢に入れた人参とキュウリのピクルスを出してくれた。

「単刀直入にお伺いしますけど」と早苗が早速切り出すので、万里絵は緊張した。なんだかこの人、急に強気になったような。強気っていうより、捨鉢なのかもしれないけど。

手元で何か作っているらしい伊都子が顔を上げる。鋭い目つきにひるみそうになるが、怒っているわけではなくこれが真顔なのだろう。

「虎之介さんは今どこにいらっしゃるんでしょうか」

「さあね」

「ほんとにご存じないんですか」

「知らないよ。あんたたちの方が知ってるんじゃないの。あの子のベッドに裸で寝てたっていうのはどっちだっけ」と焼酎のボトルとお湯を入れたポットを、カウンター越しに渡してくる。

「すみません、私です」と万里絵が俯きがちに片手を挙げる。「いや、でも、裸は誰にも見られてないです」

「で、あんたがドア破った方か」と早苗にグラスを渡す。

「はい、申し訳ありませんでした」と頭を下げる。

「彼、ここの二階に実は潜伏してるってことはないですか」と万里絵もグラスを受け取りながら思い切って聞いた。

「いないよ。見たかったらご自由にどうぞ」と暖簾《のれん》の後ろの狭い階段を示しながら、

「まあ、おととい電話は来たけどね」と伊都子はさらりと衝撃の発言をした。

「えっ」

「戻ってくるって？」

り出している。

「さあ」と素っ気なく伊都子は、後ろの冷蔵庫からチューリップの柄のタッパーを取
「さあって何ですか」万里絵の声は興奮で裏返った。虎之介の安否には、店の存亡がかかっている。「ちゃんと話したんですか」

「少しだけね。百円分しか話せない、とか言われてさ。今時電話ボックスってまだあるのね。存在すら忘れてたわ」と俎板の上で何か刻む音をさせている。

「電話ボックス？　携帯はどうしたのかな」

「さあねえ。料金払ってないんじゃないの」

じゃーっと切ったものを炒める音がする。

「それで何か言ってましたか？　どこにいるのかとか」と万里絵が身を乗り出す。

「ちょっとまだ戻れないから、張り紙しといて、って」

「張り紙？」

「しばらく休みますっていう張り紙。そんなの今さらだよねえ」

「それだけ？　あと何も聞いてないんですか？　どこにいるかとか」と万里絵が矢継ぎ早に畳みかける。

伊都子は初めて笑顔を見せた。

「そんなの知ってどうすんの。捕まえに行くの」

「だって、せめてどこにいるかくらい聞くのが普通ですよね」と万里絵と早苗は顔を見合わせた。

香ばしい匂いがしてくる。伊都子は「帰りたくなったらそのうち帰ってくるでしょ」とフライパンを傾けて、皿に盛っている。

「まあ、とりあえず一応無事だってことはわかったからいいんだよ」

「はあ……」

妻である伊都子にそう言われれば、腑《ふ》に落ちないながら二人とも、とりあえず黙るしかなかった。

「そんなことより、飲んでよ」伊都子が手を伸ばして焼酎のボトルを持ち、空いた二つのグラスに注《つ》いだ。

早苗が割らずにぐいっと空ける。

張り合うように万里絵も隣でグラスを一気に空けると、その勢いで「お願いがあるんですけど」と伊都子に切り出した。

隣で早苗が焼酎のボトルを摑んで、さらにどぼどぼ注いでいる。

「虎之介さんがいない間、ラパンの工房を貸していただけないでしょうか。で、あの、賃貸料については、できればあの、後払いにしていただけると、大変助かるんですが……」

「いいけど、あそこ、このままだったら解約するかもしれないからね。ずっと貸せるかどうかはわからない」

「もちろんそれで結構です」

「使ってくれるのは構わないよ。どうせ空いてるんだし」

軽く許可が出て拍子抜けした。伊都子から虎之介と寝たことを詰《なじ》られたり怒られたりするだろう、と覚悟していたのに。

「それ食べてみて。ウチの一番人気の、トマトと卵の中華炒め。美味しいよ」と出したばかりの皿を顎で示して、伊都子は二階に上がっていく。

湯気のたった皿を見下ろす。確かに美味しそうだった。万里絵はとりあえず箸を割った。ほんとだ、トマトめちゃくちゃいい味出てる、と隣で早苗が声を上げている。

はい、これね、とすぐ戻ってきた伊都子は、ラパンの鍵をカウンターに載せてくれた。助かります、と万里絵はそれを拝むように両手で包んだ。こんなにすんなり貸してくれるとは、思ってもみなかった。よかったね、と隣で早苗が微笑んでいる。鍵を大切にかばんに仕舞って、食べかけの炒め物を、また口にした。さっきより、ずっと美味しく感じる。自分が思っているより緊張していたことに、万里絵は気がついた。

伊都子は煙草に火をつけながら、「ところであんたさあ」と早苗に向かって話しかけた。早苗が身構えるのを感じて、万里絵にもまた緊張が走った。

「そんな顔で外を歩いてきたの」

「え」と早苗は頬に手をやった。

「変だよ、そのメイクに、その服」

「そうですか」と不安そうな声になる。

「だよねえ」と伊都子は万里絵に同意を求める。

「いや、変っていうか、確かに私もちょっと、びっくりはしましたけど」

「百合子さんに、赤い服には赤いリップって教わったから、口紅だけつけてきたんですけど」と早苗は傷ついたような表情で、言い訳をした。

「色が合ってないよ。ちょっとこっち来て」

「え」と早苗が戸惑っていると、伊都子はカウンターの端で飲んでいる男の客の相手をしているポニーテールの子に「奥にいるから」と声を掛け、「ほらこっち」と顎で促した。

「何をするんですか」

万里絵が不安そうな声を出したのに、「別に裏で焼き入れたりしないから大丈夫だよ。心配ならあんたも一緒に来たら」と伊都子はカウンターの後ろの暖簾をくぐった。

ソファに早苗を座らせるなり伊都子は、ローテーブルの上の箱からコットンを取り出し、隣に置いてあった赤いボトルの口に当てて、逆さまに振った。そうして湿らせたコットンを、ひたひたと早苗の唇に滑らせて、化粧を落とした。

早苗は仕方なく大人しく目を閉じて、顔を優しく撫でる手の動きを感じていた。時おり指の腹が、肌に直接触れる。

伊都子のあたたかくしっとりした指や手のひらを、顔のあちこちに感じた。メイクブラシの毛先が頬をかすめる。ふわふわしたスポンジや、ベルベットのような質感のパフが、早苗の顔を滑っていく。目を閉じて身を任せているうちに、力が抜けていく。

うすく目を開くと、すぐそこに伊都子の真剣な顔があった。

「まだ閉じてて」と言われてまた目を瞑《つぶ》る。吸い付くような柔らかい指が、まぶたの目頭から目尻まで、ぴたぴたと何かを載せるように移動していく。

「ああ」と思わず早苗は吐息を漏らした。

「だからメイクって好きなんだよね」

伊都子の声がすぐそばで聞こえた。

「店開ける元気がないときでも、こうして乳液をあたためて伸ばしたり、手のひらでクリームファンデを馴染ませたりしてるうちに、じわじわ回復してくる気がしてさ」

目を開けて上を見て、という指示に従うと、目の下を小さなメイクブラシで優しく何度かなぞられた。

「すごく悲しかったりしても、メイクするうちになんだか落ち着いてきたりするんだよね。だからあたしはどんなにしんどいときでも、化粧と爪だけはちゃんとすることにしてんの」

最後に、両方の目頭から目尻に向かって、すっと一筋ずつ、筆を引かれた。

早苗はなぜか、急に泣きたくなった。夫が死んだときも泣かなかったし、虎之介がいなくなっても涙は出なかった。もうずっと、何年も、泣いた記憶がなかった。

終わったよ、と伊都子に言われてしばらく、早苗は溢《あふ》れそうな何かに耐えるように、上を見つめていた。

「すごい。早苗さん素敵」と少し離れて見ていた万里絵が、嬉しそうに手を叩いている。

どう？　と手鏡を渡された。

鏡に映った自分の顔を、早苗はまじまじと見つめた。

ちゃんと化粧をしたのは、いつ以来だろう。

しても、自分なんてたいして変わらないと思っていた。家とスーパーの往復で、誰に見せる必要もなく、そんな予定もなかった。虎之介と恋に落ちてからも、メイクはしなかった。

夫に綺麗だと言われたことはあったはずだし、虎之介にも何度かそう言われた。そのたびに嬉しかったけれど、それらは全て、特別な場面で発せられた。ベッドの中やキスをする前後など、男が欲情しているときの、呪文のようなもの。だから本当に綺麗なはずはない。

でも今、早苗は自分の顔を、いいな、と素直に思った。

満足そうな表情で、伊都子は煙草に火をつけた。

「あんた、前から化粧映えするだろうなって思ってたんだよ。この方がその服にも合ってるでしょ。せっかくだから、もうしばらく飲んで行きなよ。もっとお客さん来たら、見せびらかしてやりな」

カウンターに戻って、また隣り合って座った万里絵と、グラスに焼酎を注ぎ合った。

気づくと、伊都子が手を伸ばして、こまめに小鉢を出してくれる。居心地がいい、と早苗はしみじみ思った。

ちょっと武装するような気分で赤い服を着て、万里絵を伊都子から守るつもりでここに来たけれど。本当は、自分が伊都子とちゃんと話したかったのかもしれない。

伊都子の計らいで、万里絵は虎之介が戻ってくるまで、ラパンを自由に使っていいということになった。

週末の分だけでも美味しいバゲットを焼けるようにならないと、赤字続きになりそうだ、と万里絵が打ち明けると、「じゃあうちのバイトの子を一人貸そうか。出世払いでいいよ。うまくいったらうちの店で使う分のパンも焼いてくれれば助かるし」とも言ってくれた。

早苗が「じゃあ私も毎週手伝おうかな」と言ってくれたのも、万里絵の心を明るくしていた。本当のところ、一人でまともなバゲットが焼けるか心配だったのだ。

金曜日の午後四時頃、万里絵はルビーから派遣してもらったバイトのミキちゃんに店を任せて、ラパンに行く。そして工房に入り、ぬるま湯にグラニュー糖を溶かしてドライイーストを加え、予備発酵をする。ミキサーボウルに水とモルト液、塩を入れて泡だて器でかき混ぜていると、早帰りの仕事を終えた早苗がやってくる。

二人で慎重に様子を見ながら、粉の上にイースト液を加え、虎之介に教わった通りにミキシングをする。

まず低速で二分。

ボウルにくっついた生地を早苗がカードで掻《か》き落とし、生地の固さを二人でチェックしながら調節する。

そしてまた低速で九十秒。そのまま二十分おく。

「こうやって、合間に何度も休ませるのって、一体何でだろうって、最初思わなかった？」

「思いました。休息時間がしょっちゅう入るんですよね」

「最初めんどくさいなって思ってさ。でもいちいち意味があるから省略したらだめなんだよね」

「言ってましたね。休ませるのは、生地をダメージから回復させるためなんだよ、とか」

「この子たちは生きてるから」と早苗と声を合わせて虎之介の口癖を真似る。

「休ませてあげて、馴染ませる時間を作る。落ち着いた頃にまた、がーっと混ぜてテンションを上げる」と虎之介の言葉を再現しながら、早苗が最後のミキシングをほんの数秒、ボウルが一回転するくらいしてから、止めた。

じゃあまた明日の朝よろしくお願いします、と万里絵は頭を下げて、早苗を見送った。あとは生地を冷蔵庫に入れて、朝まで発酵させるだけだ。

早苗と伊都子の協力のおかげで、この数週間で劇的にバゲットの味は進化した。

あと一息だ、と万里絵は気を引き締めながら、また自分の店に戻っていく。客足はまだ、戻る気配はなかった。

13 三上

年が明けてから約一ヶ月間、マリエは休業していた。

三上はリニューアル開店日を心待ちにしていた。必ず最初の客になるぞ、と決意して、朝から巨大な花束を用意してそわそわしていたのだったが、開店時間よりだいぶ前に、向かいの酒店から様子を見に行く羽目になった。

店の鍵を開けてシャッターを上げているのが、万里絵ではなかったからだ。

「万里絵さんはどうしたんですか」

「もうすぐ来るよ。今、ラパンの工房でカンパーニュ焼いてるとこだから」とカウンターの中の早苗が、流し台の水音に対抗するように、大きな声を出した。

「暇ならあんたもちょっと手伝ってよ」とカウンターから、伊都子も顔を出した。

「今日は出血大サービスなんだから。お客さん来たら、どんどん注文とって」

ほら、とエプロンを投げて寄越《よこ》されたのを、受け取ってしまう。万里絵がいつも締めていた、ギャルソン風の白いエプロンだ。早苗と伊都子は、普段と同じような服装に、自前の物らしい胸当てのついたエプロンを締めている。紺と赤で、色も揃っていない。

とりあえず三上は、言われるままにテーブルをセッティングしたり拭き清めたりして開店準備を手伝いながら、万里絵が戻ってくるのを待っていた。花束を渡したら自分の店に帰ろうと思っていたのだったが、その前にドアベルが響いて最初のお客さんが入ってきてしまったので、行きがかり上「いらっしゃいませ」と声を張り上げることになった。

リニューアルした店の方針を、三上は初めて詳しく知った。

その日安く手に入る材料を使い切り、一律五百円のランチを提供する。基本的に注文は、お任せのみ。土鍋炊きごはんは百円、自家製パンは二百円プラスすれば食べ放題。全て売り切れたら、何時だろうと店を閉める。

客が入ってくるたびに、いちいち説明してから、席に案内しなければならなかった。十二時を過ぎると、外に並ぶ客も二、三人現われ始めた。三上はお客さんをさばくのに必死で、万里絵のお祝いどころではなくなってしまった。花束を店頭に飾ってもらおうと思って、せっかく用意したんだけど。

伊都子と早苗も厨房での調理で精一杯だったから、注文をとるのも運ぶのも下げるのもお金をもらうのも、全部三上一人で担うことになった。ちょっと、扱《こ》き使いすぎじゃないのか。万里絵さんに頼まれたならともかく、と三上は腹立たしく思ったが、満面の笑みで接客し続けた。

客は途切れなかった。買い物帰りらしい主婦や、商店街で働く店主やアルバイトの若い子たちも、様子を見にやってきた。少し離れた私立大学の女子学生らしきグループもいた。

「えーっ、ここパンケーキやめちゃったの？　そのために来たのに」と女の子たちの一人は言った。

「申し訳ありません。やめちゃったわけじゃないとは思うんですけど」

「前の店のサンドイッチはあるんですか。パンケーキないなら、人参とレバーのサンドイッチが食べたい」

「すみません。それも今日は出せるかわからないんです。お任せで、何が出てくるか僕もわからない状態で。だけど、二百円追加すればパンは食べ放題ですよ」

「何そのシステム、ウケる」と一人が笑うと、隣の髪の長い子も「やばいね、急にがっつり系？」と返し、さらに向かいに座った子が「でもいいじゃん」と重ねた。「あたしパン好きだから、食べ放題にする」

休業期間中に、内装を少しずつ自力で変えたらしい。壁はレモンイエローに塗り替え、テーブルや椅子は小ぶりなものをできるだけ詰め込み、回転数を稼げるように工夫してあった。

名前も変わった。

「サマー食堂」。

早苗と万里絵の頭文字を取ったらしい。最初に聞いたとき、なんだかダサいな、と思ったのだが、「三上酒店」の向かいには相応《ふさわ》しい気もした。

早苗が出資してくれることになったおかげで、万里絵は店を存続できることになった。さらには伊都子も、共同出資者の一人になった。ラパンの工房を時々貸してもらう代わりに、利益の一部を還元することにしたらしい。

離れてしまった客を再び獲得するために、最初のうちは三上も、万里絵の相談に乗っていたはずだった。それが、早苗がよくやってくるようになってから三上は蚊帳の外になり、どういうことかと心配しているうちに、いつの間にか、こうしてリニューアルして再出発することに決まっていた。回転率の高い定食屋ともなれば、前のようにゆっくり珈琲を飲んで入り浸るわけにもいかないだろうし、早苗たちが仕事の合間に手伝うことになっているようだから、これからは万里絵と二人だけで話をする機会も減るだろう。三上にとって、このリニューアルはあまり歓迎できるものではなかった。

愛が足りなかったせいだ。三上は反省した。実は内心、この店はもうダメだろうなと思っていたのだ。世間は厳しい。二代続く三上酒店だって、客足が一時的に途絶えて大変だった。あんな流血騒ぎの原因を作ったからには、都心ならともかく、ここではもう、万里絵に再起の道はないだろうと考えていた。

だけど、そうなったら僕の出番だ、と三上は密かに思っていた。もう一度プロポーズしよう。今度こそもしかしたら、受け入れてくれるかもしれない。ただ、タイミングは大事だ。三上は慎重に待つつもりだった。

まさか、こんなにイメチェンがうまくいくと思っていなかったのだ。

リニューアル初日が大盛況になったことに、三上は万里絵のために喜びつつも、複雑な気持ちだった。

これでは当分、プロポーズどころじゃないな。

でもいいんだ、万里絵がここにいてくれさえすれば、と三上はすぐに思い直した。

プロポーズなんかできなくてもいい。ここで今までと同じように、毎朝万里絵の顔を見られるだけで、充分素晴らしいことなのだ。

自転車の後ろにくくりつけた、パンの入った大きなケースを持ち上げ、急いで店のドアを開けた万里絵は驚いた。

満席なのだ。

手前の席の、親子らしい女性二人のテーブルには、味噌汁と親子丼に小鉢の青菜が載っており、その奥の女子大生グループのテーブルには、チャーハンやオムライスやハヤシライスが載っている。いずれも今までのマリエにはあり得ないメニューだった。

「すごいですよ万里絵さん、大盛況です。お客さんがお客さん電話で呼んできたりして」と皿を下げてきた三上に声を掛けられる。

「ほらね、だから言ったんだよ。安くて美味しければ大丈夫だって」と伊都子がフライパンで何か炒めている。

「ちょっと万里絵ちゃん、突っ立ってないでこれ運んでよ」

早苗がサンドイッチを載せた皿を二つ、差し出してくる。

「何サンドですかこれ」と受け取りながら顔を傾けて、カットされた断面を見る。

「鴨とオレンジ。そっちはターキーともやし」

万里絵が運んで中身の説明をすると、隣のテーブルの見覚えがある女の子たちが「おいしそう。あたしたちもそのサンドイッチお願いできますか」と声を掛けてきた。

早苗は驚くべきことに、今朝墨田さんと杉山さんが持って来た食材のうち、余りそうなものをうまく組み合わせて、十種類以上のサンドイッチを作っていた。

人参の千切りとツナをあわせたものに、アボカドとチーズのサンドイッチを重ねて二層にしたものなんか、断面の色合いがきれいで見とれてしまった。

サンドイッチは任せて、と言われて試食用にいくつか作ってもらって大丈夫だと踏んではいたものの、万里絵は早苗の調理能力にはそれほど期待していなかったから、ここまでこなせることに、かなり驚いてしまった。この人に、こんな才能があったなんて。

カウンターの年輩の女性客が、食べたばかりのターキーともやしのベトナム風サンドを、持ち帰り用にも追加注文した。

「忙しいから明日の朝の支度しながら食べようと思って」

「お近くですか」

「ここから五分くらいかしら」

「でしたら、明朝お届けしましょうか。今作って冷蔵庫に入れとくと、パンの風味がなくなっちゃいますし、もやしの水分が出てきちゃうかもしれないし」と早苗は言い出した。

お客さんが「いいの？　たったサンドイッチ一個よ」と言うのに、「勿論《もちろん》です。サンドイッチ一つで命が救われることだってありますから。たかがサンドイッチ、されどサンドイッチです」とメモを差し出したから、万里絵が止める間もなく、お客さんが連絡先を書き始めてしまう。

「レジパートの出勤前に、家で作って配達してくるから」と早苗は平然と告げる。

そんなサービス勝手に始めちゃって、他のお客さんにも頼まれたらどうするんだ。

「そしたらまとめて注文とればいいじゃない」と後ろから伊都子が声を掛けてきた。

「早苗さんができるときだけ、テイクアウトを請け負えば」

臨機応変に、できることはなんでもやらなきゃだめよ、と言われて、万里絵は素直に頷いた。

材料が予想以上に早くなくなったため、リニューアル初日はたった一時間半で、閉店となってしまった。

手伝ってくれた三上に礼を言って帰し、売り上げを早速計算してみる。今日は四人分の人件費がかかっているわけだが、売上高だけを比べると、長々と店を開けていたマリエ時代の平日の、三割増しくらいになった。この調子で夜も同じように営業すれば、倍以上の売り上げになる。伊都子の助言通りだった。

賄い用に、早苗が半端の出た材料でサンドイッチをまた作ってくれている。

伊都子が「あんたちょっと痩せたんじゃない？」と言いながら、カットしたばかりのサンドイッチ用のパンの耳をつまんで、早苗の口に放り込んだ。

「手のせいよ。痛くてなかなか思うように食べられなかっただけ。伊都子さんの方こそ、夫がいないストレスで太ったんじゃない？」

「違うに決まってるでしょ。ここの試食のせいだよ。何年あの子の妻やってると思ってんのよ」

「でも、いつ戻ってくるかわからないじゃない」

「そうですよね。お金とか大丈夫なんですか。どこかで野垂れ死んだりしたらやだなあ」と万里絵は眉間に皺を寄せた。

「そんなタマじゃないよあいつは」と言いながら、こういうこと今までもあったんですか、という万里絵の質問には、「女から逃げるのは全然珍しいことじゃないんだけど、あたしに何も言わずに、こんなに長くいなくなるのは初めてなんだよね」と伊都子の声にも、心配がかすかに滲んだ。

「まあでも、あと一ヶ月で戻ってくるはずだよ」

「何であと一ヶ月ってわかるの？」

「あの子があたしと離れていられる限度は、今までのところそのくらいだから」

「絶対伊都子さんのところに戻ってくるのかな」

「他に戻るとこはないからね」伊都子は自信満々に、中華鍋をゆすった。強火で豚肉と野菜を炒めている。味噌の香ばしさが辺りに漂った。

「だって、やり逃げしたあんたんとこには、さすがに顔向けできないだろうし」と万里絵を顎で指し、次に早苗の方を向いて、「ドアぶっ壊したやばい女のところに行くわけはないから、結局あたしのとこしか帰れる場所はないよね」と慣れた様子で鍋を振って、中身を返した。

「傷に塩塗らないで下さいよ。せっかく癒えたとこなのに」と早苗が苦笑する。

「そうですよ、いくら妻だからって、そんなはっきり言わないで下さい」と万里絵が洗い物をしながら振り返る。

「わかってないね。褒めてるんだよ。あたしに何にも言わずに逃げるなんて初めてなんだよ。あんたたちのせいだからね」

「褒められてる気は全くしないけど」と早苗は笑った。早苗のこんな笑顔は久しぶりだな、と万里絵はまぶしく眺める。

「なんであんなことになったのかなあ」と早苗がサンドイッチをカットしながらため息をつくので、「私も、もう男はこりごりだったはずなのになあ」と万里絵も並べた皿に手早くサラダを盛り付けながら、大げさにため息をついてみせた。

「何言ってんの」と伊都子が、はふはふ味見してからしゃべっている。

「たいしたことじゃないでしょ。怪我だって治ったし、この店だって新しくなったじゃない。虎之介も生きてればいつか帰ってくるだろうし、うちも何だかあれ以来野次馬みたいな客が増えてさ。どこもかしこも、満員御礼だね」

だけど。

虎之介、ほんとに戻ってくるんだろうか。

一体どこに行っちゃったんだろう。

カウンター席に並んで、サンドイッチや炒め物を分け合いながら、三人は遅い昼食を黙って済ませた。

14 万里絵

サマー食堂の滑り出しは、ひとまず好調だった。春休みに入った三月の終わり頃には、家族連れも増えて、だいぶ活気が出てきた。以前のお客さんも戻りつつあったし、会社の同僚らしい男性グループなど、これまでに見なかった客層もよく入ってきてくれるようになった。

午後三時。やっと引っ切りなしだったランチ客が一段落したところで、万里絵は今朝多めに焼いておいたラズベリーとオレンジピールのパウンドケーキを型から抜いてから、飲み物をカウンター席に配った。

時々こうして開けているカフェタイムには、マリエ時代とほぼ同じメニューを出している。自分の店を開けるまえに様子を見に来てくれた伊都子には珈琲を、早苗の顔を見に来た百合子には、「本日の紅茶」であるアッサムにミルクを添えた。

厚めにカットしたケーキを皿に載せて、一人ずつに出す。

「で、どこにいるって？」と百合子が早速フォークを入れながら、伊都子に聞いている。

ゆうべ、虎之介からやっとまた電話があったらしい。

「それが、どうしても言わないのよ」

「相変わらず勝手なやつ」百合子は憤慨した。そしてケーキを口に入れるなり、やだこれすごい美味しいじゃない、とカウンター越しに言ってくれた。

「とりあえずまだ帰れないって」

「なんで？」と食器を仕舞っていた早苗が、カウンターの中から聞く。

「修業が終わらないからって」

「何の修業なんだか」と百合子が不信感をあらわにする。

「それでね」と伊都子がケーキを口に入れた。「店はやっぱり畳んでくれって。リースしてる機材も解約するって言うから、かなり重症かもね」

「え」万里絵は思わず大きな声を出してしまった。「ラパン、閉めちゃうんですか」

「万里絵ちゃん困るよね」と伊都子は続けた。「だから不動産屋に相談してみようかと思って」

パンを焼くのに必要な、工房のスペースだけこのまま借りることはできないか、交渉してみると言うのだ。

「ダメだったらどうしよう。うちの厨房のオーブンじゃ、大量にパン焼くのは無理だろうしなあ。食べ放題サービスできなくなるかな」

万里絵がため息交じりに言うと、「そうなったらまたみんなで対策考えようよ。まあ、不動産屋にとっても、悪い話じゃないと思うけどね。あそこ端っこだから、どうせ丸ごと空けても、なかなか借り手つかないでしょ」と伊都子は言った。

「いずれにしても、ラパンはいったん終わり。まあ、そのうち帰ってくるだろうから、それまで何とかして、サマー食堂のパンは焼きなさいよ、万里絵ちゃん」

「できるかなあ」

「やるしかないでしょ」と早苗が言ってくれて、万里絵は少し勇気が出る。

「ほんとにあいつ帰ってくるの」と百合子が疑わしそうな声を出した。

「大丈夫、あの子は定期的に私が抱きしめてやらないと生きていけない体だから」と伊都子が自信満々に告げ、百合子が「やだ、惚気《のろけ》ないでよ」と腕を柔らかく叩いた。

「だけどうちの下の子と一緒だな。毎晩ぎゅっとしてやらないと、眠れないのよまだ」

「似てるね」と伊都子も笑いながら、「もしなかなか戻ってこなかったら、こっちからお迎えに行ってやらないとダメかもね」と言っている。百合子はこのあと、息子の塾にお迎えに行くのだ。

もう春だっていうのに。

こんなに雪が降るなんて知らなかったな、と虎之介はぼやいた。息を吐くたびに、顔のまわりが綿菓子に覆われるみたいになる。雪掻きをする手を止め、突き刺したスコップに寄りかかって少し休んだ。借りものの赤いニットキャップをとって、額の汗を拭う。

虎之介は福岡で生まれ育った。高校を出てパンの修業のために上京して以来、ほとんど旅行をする暇もなかったから、北海道に渡ったのは、これが初めてのことだった。長年、毎日のように北海道産の粉を使っていたのにな、と笑ってしまう。まさかこんなに広くて、ここまで美しいところだとは知らなかった。

実際に見て、体感することはやはり大事だ。この空気の中で、ここでしか買えないライ麦を使って焼くパンは、最高だった。焼きたてをあいつの店に配達してやれたらな、と虎之介は久しぶりに万里絵のことを思い出す。

ランチ用のカンパーニュやバゲットはどうしているだろう。たぶん、南口の店から買っているだろうけれども、あの店はちょっと高いし、マリエ用にするにはやや酸味が足りない。こんなことになるなら、レシピだけでも、書き残してくればよかった。黒パンだって、苦心してやっと仕上げたところだったのにな。

雪掻きを再開する。プラスチック製の軽くて平たいスコップに、一気に雪を載せるのも、だいぶうまくなってきた。今日の雪はかなり重い。湿度や気温によって、雪の質感がかなり違うことは、毎朝雪掻きするようになって、まず知ったことだった。アパートの入口までの道と、隣の駐車場の雪掻きは、一緒に住んでいる女のために、虎之介がしてやれる唯一のことだった。ここに住むにあたって保証人になってくれた、女の父親からも頼まれた。

父親は虎之介に、何も余計なことを聞かなかった。たぶん娘の新しい恋人だと思っているのだろう。いや、間違ってはいないけれど。まだ何もしていないから、恋人と言っていいのかどうか、よくわからない。もちろん好きだ。好きじゃなかったら、こんなところまで一緒に来やしない。しかし、今まで虎之介が好きになるのは、たいていセックスと同時だったから、今回のように何も体の接触がないまま半年近くも暮らしたのは、初めてのことだった。

部屋に戻ると、濡れた手袋と帽子を、オイルヒーターの上に並べた。ついでに冷え切った手もかざして、あたためる。指先が解凍されるように、じんじんしてくる。

「ああ、今朝もまだ相当しばれるよ」と虎之介が言うと、笑われた。

「トラちゃんが北海道弁使うと、なんか可笑《おか》しい」

女がダイニングのテーブルでカフェオレを飲んでいた。短いスカートから、腿が突き出ている。

「信じられないよな、この寒さに素足なんて。なんでタイツ穿《は》かないの。寒くないの」

「もうだいぶあったかいよ」

「うえー」と虎之介は顔を顰めた。「これであったかいなんてよく言えるな」

冬がこんなに寒いとわかってたら一緒に来なかったな、と続けそうになってしまい、慌てて口を噤《つぐ》む。まだ、ちょっとでも不安にさせるようなことは言いたくなかった。

トラちゃんも飲むよね、と台所から振り返って、女がマグカップを掲げてみせる。

出会ったときよりだいぶふっくらしてきた。今はノーメイクだから学生に見えるほど子どもっぽい顔つきだが、バイトしているカラオケスナックに行くときには、見違えるほど派手な顔に変身する。化粧映えがするのに、基本は地味な顔だち。色白で肌が柔らかそうなのも、虎之介の好みのタイプではあった。

マグカップに注いだカフェオレを渡してくれながら、にっこり女が笑った。良かった、と虎之介は思う。別人みたいに、よく笑うようになった。本来は明るい女なのだろう。


あの朝、さくら通りのコンビニでたまたまこの女に会わなかったら、今頃どうなっていたんだろう、と虎之介はつい考えてしまう。

昨日、恐る恐る伊都子に電話してみたら、予想外に愛想が良かった。店の家賃をちゃんと振り込んでいたからだろうか。怒られていつ帰ってくるのか問い質《ただ》されるだろうと身構えていたのに、まあしばらく好きなようにすればいいよ、こっちは何とかなってるから、と言われて拍子抜けしてしまった。早苗の手の怪我のことも、伊都子に聞かされて初めて知ったからびっくりはしたけれど、それよりも伊都子の妙な機嫌の良さに、虎之介はひどく不安になった。なんだか、見限られたような気分になったのだ。

久しぶりに、伊都子の体が恋しくなった。あの朝、もしも万里絵が熟睡していなかったら、たぶん俺はあのままあそこで暮らしていただろう。そして怪我をした早苗と、寝てしまった万里絵の間で、例によって汲々《きゅうきゅう》とした挙げ句、伊都子のところにまた逃げこんだりしていたかもしれない。

あの朝、ドアを叩く音と、聞いたこともないような早苗の絶叫に目を覚まして、咄嗟にベランダから飛び降りて逃げ出した直後、しまった、と思った。万里絵をほったらかしにしてきてしまった。

勿論、しばらく様子を見てから戻るつもりだった。あのとき喉が渇いていなくて、その足でコンビニまで行かなかったら。そしたら、この女には出会わなかっただろう。

女は突っかけサンダルに素足だった。俺と同様、着の身着のままで逃げてきた風情で、コンビニの前に震えながらしゃがんでいた。

もし女が温かそうなブーツなんか履いていたら、たとえ怯《おび》えきった様子で、明らかに殴られた痕が顔にあったとしても、携帯を貸してやったあとで、「どこまで帰るの」とか「金はあるのか」なんて余計なことを言わなかったかもしれない。

でももう、そんな仮定のことばかり考えても、しょうがない。

とにかく、俺はここに来ることにしたのだ。十勝《とかち》に帰る、という女の言葉に引きつけられてしまった。

そうだよ、俺はここに来る運命だったんだ。

この十勝平野で作られる、東京では売っていないライ麦。こんなものが手に入るなんて、思ってもみなかった。これは運命だ。俺はこのライ麦や小麦を使ってみるために、きっとここに来たんだ。

伊都子に電話はしたけれど、当分戻るつもりはなかった。

しばらくはここで極める。粉と、水と、酵母の関係を。ここは東京に比べて、湿度が極端に低い。日本じゃないみたいだ。大手のパン屋チェーンの社員だった頃、フランスに一度だけ研修に行かせてもらったけれど、あのときの感動的な粉のさらさら具合を思い出してしまう。水の硬度も、バゲットを作るには最高だった。

女の実家で作っているライ麦を、自分のパン用に改良してもらう相談も始めている。あの父親は無口で一見愛想が悪そうに見えるが、味がわかる男だ。うまくいけば、今までで一番のライ麦パンが焼けるようになるかもしれない。

当分はここで修業だ。

少なくとも、女が安心して暮らせるようになるまでは、ここにいてやりたいし。

またそのうち、何かがあって、俺は女のもとから去ることになるのだろう。それが一体いつになるのかは、全然わからないけれど。

虎之介はそのことを予想しつつ、なるべく考えないことにした。

　今朝も女の実家まで、片道三十分の道のりを、新雪を踏む音を聞きながら歩いていく。実家の裏手の小屋を借りて、石窯を自力で作った。今日もそこでパンを焼き、軽トラに積んで駅まで売りに行くのだ。

　ライ麦の配合を、昨日よりもう少しだけ増やしてみたらどうだろう、と思いながら虎之介は歩いた。レーズン酵母もそろそろ継ぎ足さなくちゃならない。山型パンもよく売れるから、多めに焼きたい。今朝みたいな雪がたくさん降った日は、しっとりした、深い甘みのあるパンが焼けるはずだ。

　誰も歩いていない、静かな道。時おりバスが通るだけで、音はすべて雪に吸い込まれていくようだった。一足ごとに、ぎゅっぎゅっと雪のきしむ音が響いた。この感触を、早苗は知っているだろうか。あいつならきっと、歩きながら、なんだか小麦粉みたいな雪だね、と言うだろう。粉に対する水分量の差に、あいつは敏感だった。パン生地を捏《こ》ねてみせるたびに早苗が目を輝かせたことを思い出す。かすかに胸が苦しいのは、寒さのせいだろう。虎之介は雪を踏みしめて歩き続けた。

「北海道？　なんでそんな遠いとこにいるの？」と早苗が高い声を出すのが聞こえて、

厨房で洗い物をしていた万里絵は顔を上げた。

カウンターには、ランチタイムの接客を終えたばかりの伊都子と早苗が、昼食をとりながら休憩しようと、並んで座ったところだった。忙しい日曜だけはこうして、三人が揃ってランチのシフトに入ることになっていた。

「それ、ほんとなの？」

「みたいだよ。ほら」と伊都子が携帯の画面を見せている。「メール。ゆうべ来てたのよ」

早苗は携帯を伊都子から受け取り、目を細めてぶつぶつぶやきながら読んでいる。

洗い物をやっと終えて、万里絵は手を拭いた。

「賄い、どっちにしますか。カレーとシチューが残ってますけど」

「どっちでもいい」と二人は口々に答えてから、顔を寄せるようにして画面を一緒に見ている。

「ね、北海道って書いてあるでしょ」

「どこ？」

「もっと下よ」

万里絵は楕円形の深皿を三つ出し、ごはんをよそってから残っていたカレーをたっぷりかけた。じゃがいもも人参も、だいぶ溶けて小さくなっている。

次に、挽き終えた豆をサイフォンの上部に入れた。お湯が上がってくるのを待って、そっとガラスの棒で攪拌《かくはん》する。早苗さんはやっぱり、まだ虎之介のこと好きなのかなあ、と考える。

自分は大丈夫だ。一度は関係を持ったものの、あれは事故のようなものなんだし、と思いながらも、微《かす》かに不安がよぎる。あいつに近くをちょろちょろされたら、軽はずみにまた、ってことも、ないとも限らない。

北海道だろうがどこだろうが、万里絵にはもうどうでもよかった。無事だとわかっただけで、充分な気がしていた。帰ってこなくていいのに。遠くにいて、もしかしたらいつか戻ってくるかもしれない、渡り鳥みたいな存在でいてくれた方がいい、と万里絵は強く思ってしまう。

最近、万里絵は早苗と二人で、山型パンにも挑戦し始めていた。

二人で試行錯誤しながら作るのは楽しかった。作業中に、虎之介のことも自然に話題にできた。

虎之介さんにまだ会いたいですか、とこないだ聞いてみたら、うーんどうかなあ、と工房の丸い椅子に腰掛けた。

「会いたいけど、前とちょっと違う気持ちなんだよね。万里絵ちゃんとパン焼くようになってから、あの人のパンをまた食べてみたいなってよく思うの。本当はどんな味だったのか、確かめてみたい。それで、一からちゃんと作り方を習いたい」

わかります、と万里絵は深く頷いた。

「早苗さんのメモのおかげでだいぶうまく焼けるようにはなってきたと思うんですけど、細かいところがわからないんですよね。酵母の組み合わせも季節によって微妙に分量変えると思うんですけど、そのへんの勘がまだなくて」と万里絵はホイロを開けながら、「その都度聞けたらいいのに」と吐露した。

「聞きたいことリスト作ろうよ」と早苗が提案する。

「そうですね、また電話が来たら聞いてほしいことを、リストアップして伊都子さんに渡しておきましょう」と万里絵も元気な声を出した。

私たち、人間よりパンが大事なのかな、と万里絵が笑う。しょうがないよ、いつまでもいなくなったやつのこと考えてられないよ、と早苗も笑った。

「虎之介さんかわいそう」と万里絵がわざと言うと、「確かに、なんだかかわいそうなことしちゃったと思うのよね」としんみりした声を出した後で、「でもあのひとは、パンが作れればどこでも幸せに生きていけるだろうから」と笑顔に戻る。早苗はもうブレーキの利かない車みたいになることはないのかもしれない。万里絵は何だか少し残念な気もしつつ、やはり、良かったと思った。

カウンターに並んで、先にカレーを食べていた伊都子と早苗に珈琲を配り、万里絵も早苗の右隣の席に座った。

「虎之介さんからのメールですか」

「違うよ、女からだよ。いま一緒に暮らしてる女」と伊都子が答える。

「げー、やっぱ女がいたのか。伊都子さんよくそんな風に平然とできますね」

「そうだよね」と早苗も同意した。「私が妻なら怒ると思う」

「もう怒ったりするのに飽きたんだよ」と伊都子はカレーを食べながら早苗の方を向いた。

「なんて言ってきたんですか」と万里絵が首を伸ばす。

「すみませんが、もう少しだけ彼をお借りしますって」と早苗が読み上げた。「で、健康保険証だけ送って下さいって。ねえ、言うとおりに送るの？」

「そうするしかないよね、確かに困るだろうし」

「親切すぎる」万里絵は呆れてしまった。

「彼を取り戻しに行かないの？」と早苗が聞いている。

「なんでそんなことしなくちゃなんないのよ」と伊都子が水を飲んだ。「自分の足があるんだから、帰りたくなったら自力で帰ってくればいいでしょ。あたしが行ったら面倒くさいことになるだろうし。あいつがつきあう女って、大抵弱ってる状態なんだよね。そういう女を困らせるの、嫌なんだよ」

「ずっと戻ってこなかったらどうするんですか」と早苗がさらに尋ねる。

「どうもしない」

「すごいなあ。どうしたらそんな風に動かないでいられるのかなあ」と早苗はつぶやいている。

「あの子も大事だけど、同じくらい大事なものがいろいろあるのよあたしには」

「何ですか」と万里絵が顔を向ける。

「店とお客さん。それに店の女の子たち。そうね、一番は女の子たちかなあ。店は今まで何度かうまくいかなくなって手放したことあるんだけど、そのとき、世話になった女の子たちに迷惑かけたのが一番辛かったんだよねえ。あの子たちが絶対に路頭に迷ったりしないようにしなくちゃなんないから、あたしは」

虎之介は虎之介で、大事なものがいろいろあるんだろうしね、まあ、生きていればいつかまた会えるわよ。会えなかったらそれでも仕方がないしね。戻ってこなくても、あの子があたしのものであることとは変わらないって、なんだかそう思ってるんだよねえ。

伊都子はカレーを食べては、水を飲み、合間にしゃべり続けた。

「そんなことより、あんたさあ」と隣の早苗の方を向いている。「もし虎之介を迎えに行きたいんだったら、あたしに遠慮しなくていいからね。この住所、メモしてもいいよ」

「いやもうそんなエネルギーないです」と首を振っている。

「弱っ」と伊都子は笑う。「あたしがあんたの年くらいのときは、もうちょっとがつがつしてたわよ」

「私は伊都子さんとは違うんです」

「どう違うの」

「一人には慣れてますから」

「あたしだって一人は得意だよ。でもさ、一人にもそのうち飽きるから」

だって、実際飽きたんでしょう一人に。だからあの子に引っかかったんでしょう、と伊都子は食べ終えて、珈琲のカップを引き寄せている。

そしたらさ、と伊都子はカップを乾杯するかのように高めに持ち上げた。

「また飽きて、そろそろ誰か欲しいなってなったら、一緒に暮らそうか、虎之介も、あんたも、うちの女の子たちも、みんなで一緒に」

くくく、といたずらっぽく笑って、伊都子は珈琲を飲み干した。

「あのう」と万里絵は思わず声を出した。「私も参加させて下さい、その同居生活」

早苗と伊都子が一緒に、万里絵の方を見た。

「あんたはだめよ」と伊都子が即答する。

「うん、万里絵ちゃんはまだ早いね」

「なんでですか」万里絵は心外そうな声を出す。

「あと十年くらい経ったらおいで」

「そうだね、そのくらいはまだまだ掛かるだろうね」

「何がですか」

「だってあんた、三上さんはどうするのよ」

「デートしたんでしょうこの間」

違います、あれはまたメニュー開発の参考になるお店を教えて下さったので、と言い訳しながら、万里絵は何か温かなものに包まれている気がした。

この店を始めた頃を思い出す。あのとき、自分は独りぼっちだった。行き場のなくなった感情を抱えて、でも誰にも言えなくて。既婚者と何年もつきあった挙げ句に捨てられるなんて、誰に相談しても馬鹿だと言われるに決まっている。それどころか、責められるだろうと思っていた。安心して話せるような知人はいなかった。

この店で、一人で、なんとかして人生をやり直すつもりだった。仕事だけならうまくいくかもしれない。恋愛がうまくいかなくても、仕事さえあれば生きていけるのだから。

まさかこんな仲間までできるなんて、想像していなかった。

虎之介とも、いつか戻ってきたら、こういう仲間になりたい。それならいつでも戻ってきていいよ、と万里絵は心の中で許可した。愛でも恋でもなく、友情とも名づけられない。利害関係だけでも仕事だけでもない。何だかわからないけど居心地がいい、この感じを、虎之介とも、ここに関わる全ての人とも、共有していきたい、と万里絵は思いながら、カレーをスプーンですくって嚙みしめた。お客さんとも少しずつ、仲間になっていきたい。

そうか、私はこれを求めていたんだ。こういう場所を作りたかったんだ。口のなかで、じゃがいもが柔らかく潰れた。ゆうべから牛スジを煮込み始めて、今日も三人で交代しながら番をした。いろんな味が混ざり合ったカレーはじんわり甘くて、とてもおいしかった。

伊都子と早苗は、仲良くまたスマホを見ながらしゃべっている。百合子がまもなく、伊都子と交代でバイトに入るために、やってくるだろう。

やっとこの三ヶ月で、早苗さんの協力のおかげもあってタルティーヌに使えるようなバゲットが焼けるようになった。サマー食堂のリニューアルを知ってやってきた矢崎に、なんとなくそれを話したら、翌日豪華な花を送ってくれた。しょっちゅう食べにも来るようになったが、もう、気にならなくなった。矢崎との日々があったから、この店があるのだ。

休憩を終えた伊都子が自分の店へと帰っていく。早苗は夜を迎える準備を万里絵と一緒に始めるために、カウンターに入ってくる。

夜が来たら、三上さんが顔を出したり、墨田さんが配達に来ては、またそれぞれの場所へと去っていくだろう。

それぞれの居場所。早苗の、伊都子の、虎之介の。

万里絵は厨房に立った早苗に、お揃いの白いエプロンを渡した。

窓越しに見える桜が、まもなく咲き始めるだろう。私はここにいる。この場所でずっと、生きていく。

解説

どこにでもある恋

中江有里

ダイヤモンド、エメラルド、サファイヤ、翡翠など宝石は高価なものだ。

しかし、もとをただせば石である。川辺に行けばあちこちに転がっていて、持ち帰れるあれと同じ。どこにでもあるもの。

しかし石の中でも希少な種を選んで色彩、光沢を引き出す加工をし、値段をつけて宝飾品として売り出すことで、石は宝石になる。

思うに、石と恋はすこし似ている。

世間のあちこちに転がっていて、決して珍しくない。けれどその恋が自分にとって希少だと感じ、磨かれ始めると、どんどん価値が増していき、自分のものにしたくなる。

どちらも大切なもの。ただし高価な宝石は傷ついても簡単に手放せないが、壊れた恋はあっけなく捨ててしまえる。

恋は突然価値を失うのだ。

「恋をすると、人は子供に戻る」と聞いたことがある。子供の恋は（傍から見る分には）微笑ましいが、大人の恋は人生の破綻につながりかねない。

どれだけ経験があっても（なくても）恋は人を惑わせる。大人が世間体や立場を忘れてのめりこみ、仕事を失ったり、家庭や人間関係が崩壊したり、そうなりたくはないと思っていても、恋が始まったら自分ではなかなかとめられない。

相手をどうしようもなく好きになったり、逆に憎んだり恨んだり、心に渦巻く感情に振り回され、なぜそうなるのかをうまく言語化できない。激しく、あるいは胸に迫る、自分から発せられる感情なのに、正体がわからず、すり抜けてしまう。

しかし錦見映理子さんの手にかかれば、恋にまつわる感情はパン生地のように伸してまるめられ、小説の中に織り込まれ、焼き立ての状態で読者にそっと差し出される。もちろん美味。

本書は一度でも恋に振り回された人なら響くだろう。

主な登場人物は四人。二十八歳の時に「紅茶の店マリエ」を開業した万里絵。以前の勤め先で二十歳上の上司と不倫関係にあった。つき合っていた四年もの間、問題を放置した相手でも信じたいと思うのも恋。万里絵は時折愚かだった自分を振り返っている。

九年前に夫を亡くし、今はスーパーのレジ係をする早苗。万里絵の店の常連で、街で評判のパン屋・虎之介に一目ぼれした。十一歳年下の彼との関係が始まってから、早苗の日常は恋一色。地味だった彼女が赤い洋服を着るのも、ヘアカット、ヘアカラーを繰り返すのも彼に褒められたい一心から。しかし虎之介が妻帯者だと知って、生まれて初めて嫉妬心を抱く。

虎之介はスナック経営をする妻・伊都子と週に一度だけ一緒に寝泊まりし、普段はパン屋の二階で暮らしている。彼はパンへの愛情は強烈。もしかしたら女性よりパンの方が好きなのかもしれない。

その他、万里絵に思いを寄せる酒屋の三上、早苗のパートの同僚・百合子、万里絵のかつての不倫相手・矢崎、みな万里絵の喫茶店に集う。

余談だが、わたしの実家は喫茶店を経営していたので、すこしばかり喫茶店事情には通じている。個人経営の町の喫茶店の客は大半が常連。現代の井戸端＝喫茶店で、人は井戸端代わりの喫茶店に集まっては語り合う。

喫茶店経営を夢見る人は少なくないが、客単価が低いので、あまり儲からない（うちがそうだった）。コーヒーを飲んだり、隙間時間でリラックスしてお喋りする喫茶店は、スーパーやレストランほど必要性はないからかもしれない。

恋も同じく、なくても生きていける。だけど一度味わったら、なかったころに戻れない。

本書に描かれる恋の幸せ、痛み、喜び、苦しみ……思わず「あるある」と頷いてしまった。

たとえば万里絵にいきなりプロポーズした三上の存在。あわてて断ったが、よく考えれば条件面は悪くない。この人と結婚して幸せになれたら、と万里絵は想像する。

しかしこうも思う。

「でも、どうしても、あの人と寝る気にはなれない」

恋は気づいたら、落ちているもの。条件を鑑みて、好きになる人を選べたら苦しみも減るだろうに、そうはいかない。

早苗は虎之介とキスしたり、求めあったりしても「愛されている気がしない」と思う。

だから逢いたい、逢って気持ちを確かめたい。できれば一緒に暮らしたい。虎之介が妻帯者である事実が抜け落ちる早苗の思考回路。これも恋したことで我を忘れてしまった結果だろう。皮膚は精密なセンサーだ。好きな人に触られた時だけ反応する。

一方虎之介は、年上の妻・伊都子と肌を重ねないと「『元気な子』になれない」らしい。彼が伊都子と結婚したのは、彼女の驚くほど柔らかい肌から離れられないから。それを知っている伊都子は「虎之介は自分のもの」と言ったりする。

実のところ、伊都子と虎之介の関係は恋なのだろうか？　夫婦というより、母と子のように見える。

いいパン生地を「元気な子」と虎之介は呼び、そんなパン生地の手触りにうっとりとする。発酵した後の生地の柔らかさ、弾力に魅せられてパン職人になったくらいだ。タイトルにもある「発酵」と「腐敗」とは紙一重の状態、パン生地も恋も同じこと。発酵が行き過ぎて腐り始めたら食えたものじゃない。

本書には官能的な場面もあるが、トーンは明るく、深い感情に溺れないのがいい。登場人物たちは発酵し過ぎてはいるけれど、ギリギリ腐敗はしていない。万里絵も早苗も恋に溺れた末に、人生という大海の泳ぎ方を知ったのかもしれない。どこか頼りなかった二人が、どんどんたくましくなっていくのがなんだか嬉しい。

大人の恋は人生の破綻につながる場合もあるが、恋は人を成長させもする。恋愛小説はときめく感情を思い出させてくれる。また自分を変えるきっかけにもなるかもしれない。人生を揺るがすような恋が教えてくれるものは、これからを生きる術だ。

いくつになっても人は成長する。とはいえいきなりの恋はちょっと怖い。する前に対策しておくべきだろう。恋のワクチンにもなる本書を読んだあなたは、心置きなく恋に落ちてもきっと大丈夫。

周囲にも接種をすすめましょう。

（なかえ・ゆり／女優・文筆家）

本書のプロフィール

本書は、二〇二二年二月に刊行した同名の単行本を、加筆改稿して文庫化したものです。

小学館文庫

恋愛《れんあい》の発酵《はっこう》と腐敗《ふはい》について

著者 錦見映理子《にしきみえりこ》

二〇二三年八月九日　初版第一刷発行

発行人　下山明子
発行所　株式会社　小学館
〒一〇一-八〇〇一
東京都千代田区一ツ橋二-三-一
電話　編集〇三-三二三〇-五四四六
販売〇三-五二八一-三五五五
印刷所――図書印刷株式会社

この文庫の詳しい内容はインターネットで24時間ご覧になれます。
小学館公式ホームページ　https://www.shogakukan.co.jp

ISBN978-4-09-407281-5